왜냐하면
고양이기 때문이지

왜냐하면 고양이기 때문이지

1판 1쇄 2018년 9월 20일

지 은 이 박은지
그 린 이 낭소

발 행 인 주정관
발 행 처 북스토리㈜
주   소 경기도 부천시 길주로 1 한국만화영상진흥원 311호
대표전화 032-325-5281
팩시밀리 032-323-5283
출판등록 1999년 8월 18일 (제22-1610호)
홈페이지 www.ebookstory.co.kr
이 메 일 bookstory@naver.com

ISBN 979-11-5564-176-7 03810

※잘못된 책은 바꾸어드립니다.

이 도서의 국립중앙도서관 출판시도서목록(CIP)은
서지정보유통지원시스템 홈페이지(http://www.seoji.nl.go.kr)와
국가자료공동목록시스템(http://www.nl.go.kr/kolisnet)에서 이용하실 수 있습니다.
(CIP제어번호 : CIP2018028065)

왜냐하면
고양이기
때문이지

싫어서 그런 건 아니에요

박은지 지음

북스토리

우리는 서로의
작은 우주다

보호소에서 4년 이상의 시간을 보냈다는 노란 고양이 달이를 셋째로 입양했을 때, 실은 스스로에게 약간의 의구심이 있었다. 어쩌다 보니 묘연이 닿고 마음에 걸려 이렇게 가족이 되기로 결정했지만, 이 커다 랗고 멍한 표정의 고양이를 내가 과연 사랑하게 될까? 첫째, 둘째 고 양이를 입양할 때는 '이 고양이는 나를 만나기 위해 나타났다'는 운명 적인 신호가 느껴졌던 반면, 달이에게는 어쩐지 그런 확신이 없었다.

구내염을 앓고 있는 달이는 나를 처음 봤을 때에도 그저 시무룩한 얼 굴을 하고 있었다. 입양 당시 나는 달이에게 귀여운 면모를 기대하기 보다는 그저 보호소에서 고단했던 삶이 우리 집에 와서 조금 나아졌 으면 좋겠다는 생각을 했다. 어릴 때부터 보호소에서 지내느라 제대로 집고양이 생활을 해본 적 없었을 것 같은 달이가 좋은 사료와 폭신한 침대, 집 안 곳곳의 캣타워와 해먹을 누리면서 그냥 조금 편해졌으면 좋겠다고 여겼다. 침으로 지저분해진 얼굴과 매사에 관심이 없다는 듯한 시큰둥한 첫인상은 귀엽기보다 짠한 모습이었다.

하지만 달이를 좋아하게 될 것인지 의심하는 게 고양이 집사답지 못한 안일한 생각이라는 사실을 깨닫는 데는 그리 오래 걸리지 않았다. 고양이는 모두 그 자체로 사랑스럽기 때문에, 고양이를 곁에 두고도 사랑에 빠지지 않는 것은 도리어 어려운 일이다. 나는 얼마 되지 않아 달이의 파란색 눈과, 먹을 것 앞에서 바삐 킁킁거리는 분홍색 코, 거다란 앞발괴 대형 식빵으로 변하는 그 느릿한 몸짓을 더할 나위 없이 사랑하게 되었다. 조금씩 서로에게 스며들고 익숙해지며, 우리는 이제 함께 본격적인 묘생 2막을 열어가기 시작했다.

사실 고양이를 세 마리나 키우고 있다는 이야기를 들을 때마다 몇몇 어른들은 한결같이 걱정스러운 얼굴을 한다.
"고양이는 사람한테 반드시 복수한다는데……."
"고양이를 키우면 질투해서 안 돼."
"강아지랑 달라서 주인도 못 알아본다더라."

지금은 고양이를 반려하는 사람들도 급격히 늘었지만, 몇 세대 전까지만 해도 고양이는 다소 무섭고 음침한 상징으로 오랫동안 다뤄져 왔다. 그 탓에 아직도 고양이에 대한 부정적인 편견이 많이 남아 있는 것 같다.

그러나 고양이를 키우는 사람들은 누구나 안다. 고양이는 유연한 몸짓으로 내 마음 가장 연약한 곳까지 금세 파고드는 보드라운 친구라는 것을. 자고 일어났을 때 내 팔에 앞발 하나와 턱을 올려놓고 세상에서 가장 편안한 얼굴로 자고 있는 고양이를 보면 마음이 말랑해지면서 온 세상을 너그럽게 바라보게 된다. 내가 아무리 미숙하고 불완전한 사람이라도, 최소한 나의 고양이에게 있어서는 배를 발라당 드러내며 안락하게 쉴 수 있는 하나의 작은 우주다.

이 작은 동물을 만나 부풀어 오르는 각각의 우주가 생각보다 깊고 드넓기 때문에, 고양이를 키우는 사람들은 누구나 자신의 고양이에 대해서 산더미만큼 많은 사연을 가지고 있다. 그래서 영화를 보다가 고양이가 등장하면 그것만으로도 무척 반가워진다. 복잡하게 얽힌 사람들의 이야기 속에서 고양이도 나름대로 다양한 역할을 맡는다. 때로는 이야기의 중심에서 적극적으로 교감하고, 때로는 방 한편에 누

워 '뭘 그리 복잡하게 생각하냥' 하고 무심하게 낮잠에 빠져들기도
한다.

많은 사람들이 가볍고 캐주얼하게, 혹은 내밀하고 깊게 고양이와 어
떤 관계를 맺어가고 있다. 영화 속 인물이 우리에게 다 들려주지 않
는 고양이와의 교감이나 스토리를 짐작해보는 것은 즐거운 일이다.

이 책에서는 영화에 등장하는 고양이와, 그들과 관계를 맺고 있는 사
람과 세상에 대하여 들여다보고 싶었다. 앞서 말했듯 모든 고양이는
각자 다른 사연을 지니고 있기 마련이니 잠시 그들이 만들어가는 우
주에 대해 귀를 기울여보면 이떨까. 어쩌면 나와 조금은 닮은, 아니
면 내 고양이와 무척 닮은 이야기가 담겨 있을지도 모른다. 우리는
곁에 있는 나만의 고양이와 함께 또 새롭고 특별한 이야기를 만들어
가는 것이다.

Contents

PART 1

혼자도
괜찮을까

당신은 아마
괜찮을 거야

고양이는 언제나 나의 가장 솔직한 얼굴을 가까이에서 지켜보고 있다. 도저히 시간이 흐르지 않는 것처럼 아주 천천히 깊어가는 밤에도, 혹은 내가 무언가에 정신이 팔려 제대로 땅을 딛지 못할 만큼 들떠 있을 때에도 고양이는 나의 평범한 하루를 지키고 있다. 그 방에 나의 중심이 고양이의 꼬리를 감고 뿌리내리고 있어서, 마침내 여러 날들이 지나면 나는 언제나처럼 고양이가 있는 내 일상으로 돌아온다.

🐾

기다리는 연애의 가장 안 좋은 점은, 스스로를 점점 더 초라하게 여기게 된다는 것이다. 사랑받고 있다는 확신이 사라지고, 내 어떤 모습이 상대방을 실망시켰는지 찾게 되고, 결국엔 나의 자존감을 계속 낮추며 점점 더 긴 시간을 기다리게 된다. 그리고 그 기다림의 결실로 이미 떠난 마음을 되찾을 수 있는 경우는 많지 않다.

연애는 매일 서로의 일상을 공유하는 일이었다. 그걸 넘어서 나를 상대방에게 맡기는 일이기도 했다. 완전하지 않은 두 사람이 서로를 지탱해줄 수도 있었지만, 각자가 불완전하기 때문에 오히려 거세게 흔들릴 때가 더 많았다.

가끔씩 그와 나 사이에 뾰족뾰족 가시가 설 때면 나는 또 한없이 혼자였다. 내가 선택한 고통이라 더 아팠다. 이럴 바에는 애초에 혼자인 게 좋았지 않느냐고 생각하기도 했다. 우리는 어쩌면 영원히 다른 길을 걷고 있는 건 아닐까. 그 거리의 폭이 조금 좁아졌다고 해서 손을 잡고 같은 길을 걷고 있다고 착각하고 있었던 건 아닐까. 내가 미처 발견하지 못한 우리 사랑의 어디쯤에, 우리가 도저히 이어질 수 없는 결정적인 요소가 굳은살처럼 배겨 있는 것은 아닐까.

마음을 쏟는 연애일수록 나를 외롭게 만들 때가 많았다. 그럴 때면 괜찮다고 스스로를 수없이 다독이기도 했다. 그리고 고요한 방 안에서 마침내 결심했다. 내 행복을 다른 사람에게 맡기지 말자고. 그가 어떻게 행동하느냐에 따라 나의 하루가 둥실 떠오르거나 혹은 빗길처럼 엉망이 되도록 방치하지 말자고. 그리고 몇 번인가 비슷한 길을 오르내리며 근육이 단단해진 끝에 지금은 정말로 많은 게 괜찮아졌다.

고양이 쵸비는 어느 비 오는 날 그녀를 만난다. 그녀의 작은 아파트에서 함께 살면서 쵸비는 그녀의 매일을 지켜보고 있다. 그녀는 무거운 철제문을 열고 아침마다 출근을 하고, 어떤 날에는 오래오래 전화를 붙잡고 통화하다가 끝내 울어버리기도 한다. 쵸비는 그녀가 외롭다는 사실을 어렴풋이 알게 되는 것도 같지만 고양이의 시선에서 그것은 그저 담담하게, 때로는 영문을 모를 일이거나 때로는 아예 그리 중요하지 않은 일처럼 그려진다.

고양이 쵸비는 그녀를 기다리는 시간을 좋아하는 것 같다. 여자 친구 고양이 미미와는 가끔 만나서 대화를 나눌 뿐, 쵸비는 자신이 그녀를 사랑하고 있다고 생각한다. 쵸비는 그녀의 일상과 함께 흘러가고 있고 우리는 쵸비를 통해 그녀의 감정을 느낄 수 있다. 여러 가지 일들

은 일어나지만 결국 모두 지나가고, 그러는 동안에도 쵸비는 여전히 그녀의 방 안에서 변치 않는 것들 중 하나로 존재한다.

쵸비는 막연히 전해지는 그녀의 외로움이 괜찮아질 거라고, 또 괜찮아졌다고 생각하는 것 같다. 요동치는 마음을 솔직하게 드러내고 말 없이 지켜보는 과정을 통해 오히려 그들은 조금씩 성장했을 것이다. 어느덧 별일 없는 하루하루를 살아가며 쵸비는, 그리고 아마도 그녀는 세상이 꽤 괜찮은 곳이라고 생각하게 된다.

짧은 흑백의 애니메이션 〈그녀와 그녀의 고양이〉는 러닝타임이 약 4분밖에 되지 않는다. 〈너의 이름은〉〈초속5센티미터〉 등을 연출한 신카이 마코토 감독의 초기 애니메이션으로, 짧고 그림도 단순하지만 오랫동안 꾸준히 사랑받고 있는 작품이다. 고양이 쵸비의 내레이션은 감독이 직접 녹음한 목소리라고 한다. 고양이의 단순한 시선으로 바라보니 그녀의 일상은 특별하면서도 무덤덤하게 느껴진다.

짧은 영상 속에 채 담기지 않은 그녀의 삶을 우리는 상상할 수 있다. 고양이를 키우며 도시의 작은 방 안에서 혼자 살고 있고, 매일 아침 드라이기로 머리를 말리고 출근하며 가끔은 헤어짐에 고독해지기도 하는 그녀는 바로 나의 모습이기도 하니까. 쇼비는 단지 고양이로서만 그녀를 관찰하고 있어서, 그녀의 긴 울음이나 그 이후에 틀림없이 쏟아져 내렸을 고독한 시간들을 일일이 독백하지 않는다. 창문에서 따뜻한 햇볕이 살랑거리며 들어오면 그런 일들은 모두 어제의 일이 된다. 하지만 그렇게 계절이 한 바퀴 돌고 '마치 커다란 고양이처럼' 두꺼운 옷을 입고 외출하는 그녀는 아마도 한 번의 계절이 지나간 만큼 단단해졌을 것이다.

괜찮다는 말로 스스로를 수없이 다독여야 했던 시간들이 있었다. 괜찮다는 말이 필요하다는 것 자체가 나는 괜찮지 않다는 뜻이었고, 괜찮다고 스스로에게 말하며 매순간 내가 괜찮지 않다는 것을 알아채야 했다. 결국 스스로 몸에 힘을 주고 걷는 수밖에 없었고, 나 스스로를 사랑해서 중심을 잡아야 했다. 그리고 평범하고 특별한 그 모든 사랑을 겪어내는 동안 내 고양이는 내가 언제든 돌아갈 수 있는 일상에 남아 있었다.

나는 스스로 고양이처럼 혼자여도 괜찮다고 생각했다. 그러나 고양이에게도 누군가가 필요하다. 사람들이 흔히 생각하는 것과 달리 혼자 오랜 시간을 보내는 고양이는 우울증에 걸리기도 한다. 손만 닿아도 그릉그릉 소리를 내며 편안해하는 고양이와 교감을 겪어본 사람이라면 누구나 고양이에게도 사랑이 필요하다는 사실을 안다.

그녀와 그녀의 고양이는 함께여서 괜찮았는지도 모른다. 대단한 위로는 필요하지 않다. 그냥 일상의 중심을 잡아주는 것만으로도 우리는 결국 또 괜찮아진다.

행복해지는 방법을 이제는 어느 정도 알게 되었다고 생각했다. 가끔은 밤을 넘기며 몰두해 일하는 시간에, 때로는 퇴사라는 중대한 결정을 했을 때, 또 어떨 땐 사랑하는 사람과 보내는 휴가에, 그러다가도 정적이 낮게 깔린 고요한 집 안에 홀로 머무는 시간에 불쑥 행복이 있는 날이 있었다. 열심히 사는 것보다는 차라리 행복하게 살자고 결심했는데, 문득 나의 행복을 다른 사람의 잣대로 재게 되는 때가 있다. 내 안에서 만든 것이 아닌 바깥의 기준을 고려하기 시작하면 결코 행복해질 수 없다는 것을 머리로는 아는데, 이게 진짜 행복인지 아니면 그저 남들처럼 행복해져야 한다는 생각에 그렇게 믿는 건지 요즘은 종종 알 수가 없어진다.

대학교 졸업 후 동기와 후배들을 오랜만에 만나는 자리가 있었다. 결혼하고 아기를 낳은 친구도 있고, 결혼 계획이 없는 친구도 있었다. 다들 어떻게 지내는지 근황을 나누던 중 반년 전쯤에 결혼한 후배가 걱정스럽게 말했다.

"양가 부모님들이 아기를 너무 원하시는데, 낳아야 할까요? 아직 저희는 생각이 없긴 한데, 아기를 안 낳으면 불효를 하는 것 같아서……."

부모님을 위하는 마음으로 아기를 낳을지 결정하는 것이 최선이라고는 생각할 수 없지만, 그 마음도 이해가 안 되는 건 아니었다. 불과 몇 년 전까지만 해도 '비혼'이라는 단어 자체가 일상적으로 쓰이지 않았고, 결혼과 출산을 당연한 인생의 단계처럼 생각하는 사람들이 많았다. 선택의 문제가 아니라 필수 과정처럼 여겼던 것이다.

지금도 남들이 대부분 걷는 큰길을 벗어나 작은 골목으로 들어서려 하면 한 걸음마다 수없이 많은 질문을 들어야 한다. 그 질문들이 대개 손가락질하듯 질책하며 날아온다는 것도 문제다. 그 탓에 우리는 스스로가 원하는 선택 앞에서 자주 머뭇거리게 된다.

몇 년 전, 어쨌든 자리를 채우고 앉아 있기만 하면 매달 월급이 따박 따박 나오는 회사를 그만두고 프리랜서로 일하기 시작했을 때 엄마 는 나랑 통화할 때마다 '그래도 남들처럼 회사에 들어가는 게 낫지 않겠느냐'며 걱정했다. 엄마 친구 아들딸은 다 회사에 다니고 있으 니, 엄마가 보기에는 낯선 일의 형태가 불안했을 것이다. 나는 그냥 나에게 잘 맞는 방식을 선택한 거라고 당당하게 대답했지만, 직장을 다니지 않는 것이 보통의 삶이 아니라는 것을 일깨워주는 엄마와의 대화를 할 때마다 애써 정돈하여 넣어둔 불안감이 슬며시 얼굴을 내 밀기도 했다. 오늘은 괜찮다, 그런데 내일도 괜찮을까?

마스다 미리의 원작을 영화화한 〈결혼하지 않아도 괜찮을까〉에 등장 하는 세 명의 주인공은 모두 삼십 대 중반을 넘긴 여성이다. 그들은 우리가 평범하게 느끼고 겪어온 일상의 습관이나 생각에 대해 새삼 스러운 질문을 던진다. '이걸로 행복해'라고 생각하는 한편, '이대로 괜찮을까?'라고 주변을 두리번거리며 불안해하는 세 주인공의 심리 는 바로 내 이야기이기도 했다.

카페의 매니저로 일하고 있는 수짱은 능력을 꽤 인정받아 점장 제의까지 받자 내심 기쁘지만, 한편으로는 여전히 미래에 대해서 불안하다고 느낀다. 사와코는 치매에 걸린 할머니와 엄마, 셋이서 살고 있다. 우연히 만난 동창과 결혼을 꿈꿔보지만 할머니와 엄마 둘만 남는 것이 걱정이고, 심지어 남자는 일방적으로 임신 가능 확인서를 요구하며 그녀를 실망시킨다. 마이코는 결혼 후 직장을 그만두고 임신을 했다. 아기를 생각하면 행복하지만 한편으로는 또 내가 나로서 무언가를 시작할 수 있을까, 하는 마음에 두렵다. 아이를 낳는 동시에 '나'를 일부 잃어야 할지도 모른다는 생각이 그녀를 다소 우울하게 한다. 평범하게 흘러가는 그들의 일상 속에는 특별한 행복도, 특별한 불행도 없다. 그 점이 우리를 세 사람 모두의 삶에 깊이 공감하게 한다.

🐾

우리가 불안한 건 아마도 많은 게 확실하지 않아서일 것이다. 내가 제대로 가고 있는지 알려줄 미래 버전 구글 맵이 없기 때문이다. 그럼 확실한 건 어디에 있을까? 누구의 지도에도 정확한 목적지와 지름길이 나와 있지 않기 때문에, 단 한 번만 사는 삶 속에서 우리는 오로지 내 직감으로 선택과 결정을 해야만 한다.

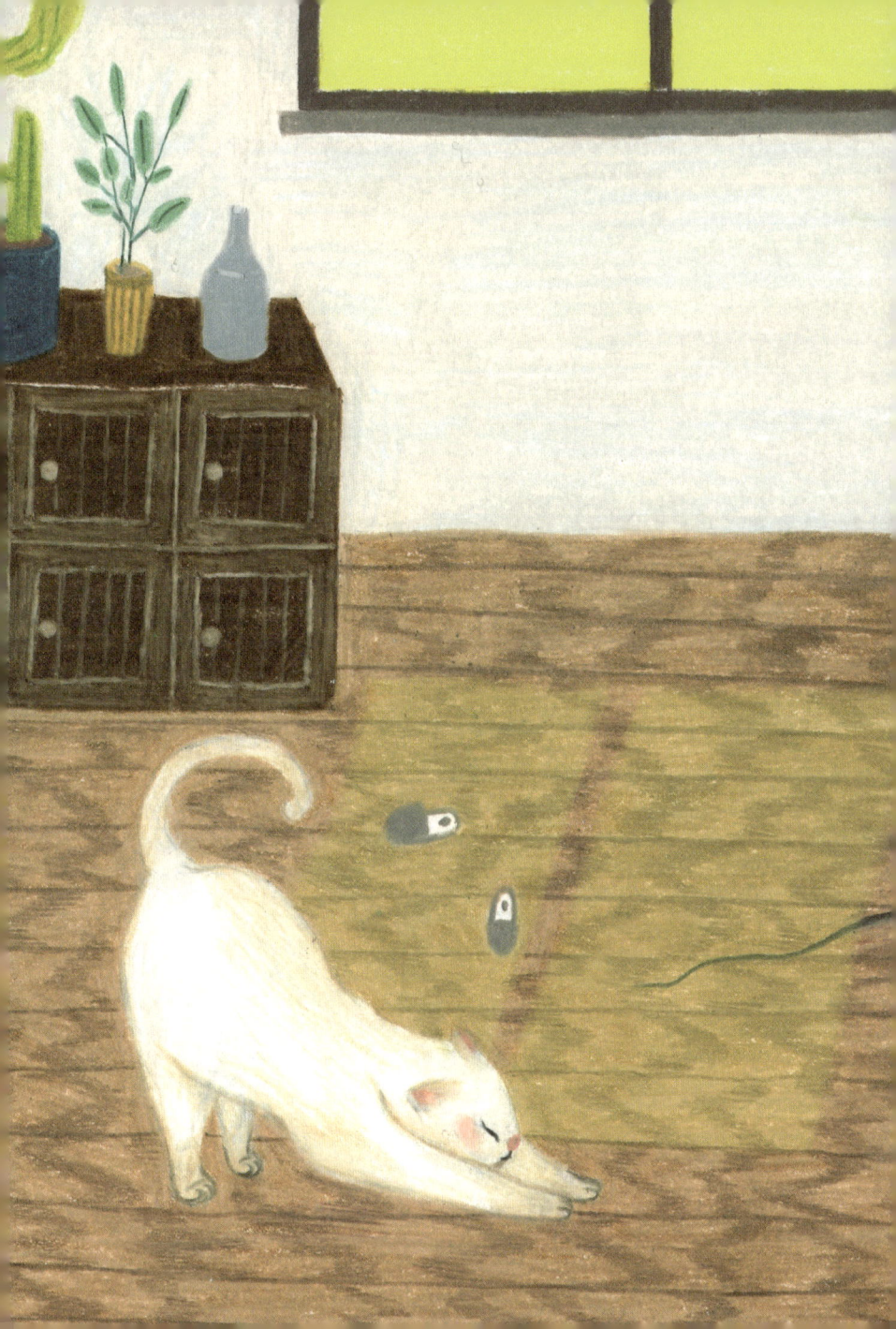

오롯이 나의 행복만을 위해서 관성적인 일상을 내던지고 새로운 일에 도전해보고 싶을 때도 있다. 하지만 그게 칼로 무 자르듯이 간단한 일은 아니다. 나이를 먹을수록 행복한 일은 오히려 담담하게 지나가는데 이상하게 상처나 실패에는 무뎌지지 않는다. 남들 다 가라는 대학에 애써서 가긴 갔는데 내가 배우고 싶었던 것이 전혀 아니라면? 안정적으로 다니던 직장을 그만두고 세계 여행을 떠났는데 내가 생각했던 것처럼 행복하지 않으면?

원해서 한 선택이든, 떠밀려서 걸어간 길이든 결국 모든 결과는 자신의 책임일 수밖에 없다. SNS에서는 모두 행복의 조각을 잘라 공유한다. 나 빼고 남들은 다 잘 살고 있는 것 같다. 하지만 어떤 결정에 따라오는 번잡한 일들은 모두 현실에 있다. 그건 SNS에는 올라오지 않지만 다들 알아서 감당해내고 있을 것이다. 그러니 뒤돌아보지 않고 도전하는 것이든, 모험하지 않겠다고 결정하는 것이든 그에 따라오는 모든 옵션들은 전부 나의 몫이다.

그런데 자신과의 심각한 논의를 거쳐야 하는 일들 앞에서 자신의 목소리에 귀를 기울이려 하면, 주변 사람들이 도무지 가만히 지켜봐 주지 않는다는 게 문제다. 심지어 결혼이나 출산은 인생의 커다란 전환

점이다. 이래라 저래라 조언해놓고 '어? 이게 아니었네, 미안' 하고 어깨를 토닥이며 빠지면 되는 간단한 일이 아니다. 누군가가 '나이가 찼으니 결혼해야지' '더 나이 먹기 전에 아기 낳아야지' 한다고 해서 그들이 그다음까지 책임져주지는 않는다. 삶의 변화가 설레거나 두려운 것은 모두가 당연히 느끼는 과정이며, 그걸 선택하고 감당하는 것은 개인의 몫인 것이다.

고양이를 키우기 시작했을 때에도 주변에서 많은 이야기를 들었다. 고양이 키우면서 혼자 사는 여자는 결혼 못 한다, 고양이 키우면 아기가 안 생긴다, 아기가 생기면 고양이는 다른 데 줘야 한다…… 놀랍게도 정말 실제로 들었던 말들이다. 혹시 고양이를 키우는 것만으로도 행복은 충분하다는 것을 모든 사람들이 알게 되면 종족 번식에 위협이 될까 봐 본능적으로 엉뚱한 소문을 퍼트린 게 아닐까? 이건 모두 인류의 음모가 아닐까? 이런 엉뚱한 생각을 해보기도 했다. 내가 고양이를 키우지 않는다고 해서 누가 더 행복해지는 것도 아닐 텐데.

〈결혼하지 않아도 괜찮을까〉의 사와코네 집에는 고양이가 있지만 이 영화에서 고양이는 별다른 역할이 없다. 고민 많은 친구들이 모여서 도란도란 이야기를 나눌 때도 고양이는 아무것도 고민하지 않고 아픈 할머니의 이불 속에 들어가 마음껏 자다가 일어나 얼굴을 내민다.

고양이란 그런 존재다. 남의 기분 따위는 신경 쓰지 않는다. 비싼 캣타워를 사줘도 사준 사람의 성의는 거들떠보지 않고 너덜너덜한 택배 상자에 몸을 밀어 넣는 게 고양이다. 집사가 고양이를 베개처럼 베고 있거나 고양이가 비닐봉투 안에 들어가 있더라도 혹시 괴롭힘을 당하고 있는 게 아닌지 걱정할 것 없다. 고양이는 자기가 싫은 행동은 누가 뭐래도 하지 않는다.

어쩌면 고양이는 각자의 일상에서 흔들리는 그녀들에게 온몸으로 꽤 괜찮은 답을 말해주고 있는 게 아닐까? 내가 원하는 것은 내 안에 있다. 사회가 깔아놓은 표지판을 따라가지 않아도 괜찮다. SNS에서 남들은 다 가지고 있는 듯한 행복을 나는 스스로에게 주지 못한다고 생각해 죄책감을 느낄 필요도 없다. 사방에 보이는 내 모습을 신경 쓰느라 맘 편히 힘을 빼지도 못하는 나에게 말해주고 싶다.
그냥 고양이처럼 살면 어때?

두 번째 고양이가
보내준 것

사람보다 수명이 짧은 반려동물이 먼저 이 세상을 떠나고 나면, 무지
개다리 건너 저세상에서 우리를 기다리다가 마중 나온다는 이야기가
있다. 그곳에서 뭐라고 내 이야기를 할까? 아침 먹을 시간이 지나도
한참 지났는데 일어나지도 않고 늦잠 자는 게 일쑤였다고, 자기 혼자
서만 맛있는 걸 먹고 나한테는 나눠주지도 않는 얄미운 집사였다고,
혹 나와 함께한 시간이 별로 행복하지 않았다고 말하면 어떡하지?
이런 생각을 하다 보면 괜히 혼자 찔리는 게 많아서 나는 그동안 미
루던 강아지 산책을 갑자기 나가거나 고양이에게 슬쩍 간식을 내밀
기도 했다.

하나의 사랑이 끝나고 두 번째 사랑을 시작하는 데까지는 시간이 필요하다. 열정적으로 달려왔던 프로젝트가 끝났을 때에도 다음 일을 시작하는 데까지 충전을 해야 한다. 애정을 쏟는 일이라면 무엇이든 그렇다. 내가 키우던 고양이가 세상을 떠나고 난 후 두 번째 고양이를 키우기로 결정하는 데까지는 얼마만큼의 시간이 걸릴까? 두 번째 고양이를 또다시 사랑할 수 있게 될까? 분명한 건, 어떤 사람에게는 고양이만이 채울 수 있는 자리가 언제나 존재한다는 점인 것 같다.

〈구구는 고양이다〉의 인기 만화가 아사코는 작품 전집 기념회를 할 만큼 상당한 커리어를 가진 여성으로, 사실 영화 초반에 그녀에게서 결핍은 좀처럼 느껴지지 않는다. 아마도 꾸준히 만화를 그려왔을 것이고, 네 명의 어시스턴트들과 밤샘 작업을 하고 마감의 홀가분함을 멕시코 음식과 함께 만끽하는 것으로 어느 정도 행복해 보이기까지 한다.

하지만 15년 동안 키우던 고양이 사바가 세상을 떠나자 아사코는 모든 것을 중단하고 말았다. 작품 활동도 하지 않고, 일상은 고스란히 슬픔에 들어가 잠긴다. 고양이가 빠져나간 빈자리를 무엇으로 채우면 좋을지 그녀는 모른다. 아사코의 어시스턴트들은 '그냥 고양이일 뿐이잖아!' 하는 마음에도 없는 말로 서로 속상함을 달랜다. 하지만 고맙게도, 고양이라면 세상에 얼마든지 있으니까 다른 고양이를 키우면 될 텐데, 라고 말하는 사람은 없다. 내가 키우던 고양이를 대체할 수 있는 고양이는 없다는 것을 모두들 알고 있다.

하지만 그녀가 여태껏 잘 해올 수 있었던 건 어쩌면 고양이 사바 덕분이 아닐까? 사바가 세상을 떠나고 난 후, 그녀에게는 또다시 고양이가 필요해졌다.

오랜 시간 동안 슬퍼하고 고민하고 망설이다가, 비로소 아사코는 사바가 아닌 새로운 고양이를 받아들일 마음의 준비를 마쳤다. 새로운 고양이의 이름은 구구. 구구는 사바가 들어 있던 마음의 방에 대신 들어가지는 않지만, 새로운 방을 만들고 마음을 채워주며 그녀의 삶에 들어온 두 번째 고양이다. 두 번째 고양이는, 첫 번째 고양이에게 미처 털어내지 못한 마음까지도 대수롭지 않게 받아준다. 그 덕분에 아사코의 공허함은 조금씩 채워져 간다. 아직은 조금 외로운 듯하지만 적어도 차갑지는 않은 시간들이 그녀에게로 흘러왔다. 구구는 아무엇도 하지 않았지만 그녀의 생활은 조금씩 밝아졌다.

중성화수술을 하기로 한 어느 날 구구가 사라졌다. 다른 고양이를 꼬시러 도망간 구구를 찾아준 것은 세이지라는 남자였고, 이날을 계기로 아사코는 그에게 호감을 느끼게 된다. 새로운 서막이 열리는가 싶지만 이내 자신이 난소암이라는 사실을 알게 된 아사코. 모두를 행복하게 만드는 만화를 그려왔는데, 정작 만화가 자신의 행복은 가져다주지 않았다는 것을 깨달으며 그녀는 우울감에 젖는다. 그리고 입원 후 죽음에 거의 가까워졌을 때, 사신이 아사코를 찾아왔다. 아사코는 무슨 말을 해야 할지 모르지만, 사신은 아사코가 가장 만나고 싶어했던 존재를 만나게 해준다. 단발머리 소녀의 모습을 하고 있지만 아사코는 그녀를 단번에 알아봤다. 바로 15년 동안 함께했던 첫 고양이 사바다. 사바는 아사코가 좋아하던 음식과 좋아했던 사람을 모두 기억하고 있었다.

꿈에서 사바를 만난 이후 아사코는 조금씩 병세를 회복해가고, 마침내 병원에서 퇴원해 새로운 작품을 그리기 시작한다. 남들보다 훨씬 빠르게 시간이 가는 공주의 이야기인데, 그것 또한 그녀의 고양이에 대한 이야기였을 것이다. 고양이의 시간은 사람의 시간보다 세 배나

빠르게 흐른다. 〈구구는 고양이다〉를 보면서 그 시간의 속도에 대해서 생각해보지 않을 수 없다.

'당신과 같은 속도의 삶을 살 수 없다는 것에 대해 나는 화를 내고 있었어요. 하지만 당신은 내가 나이를 먹고 있다는 걸 눈치채지 못했지요…….'

사바의 말처럼 고양이의 시간은 사람의 속도와는 다르지만, 우리는 고양이가 떠날 때가 되어서야 그 사실을 알아차린다. 사람은 모든 것을 금방 잊어버리는 존재이기 때문에. 고양이는 사람보다 빨리 훌쩍 나이를 먹어 생각보다 성급한 이별을 준비해야 한다는 사실을 깨닫고 나서도, 이별의 순간이 또다시 오지 않을 것처럼 어린 고양이를 입양하는 것이 과연 그녀뿐일까.

사실 우리는 고양이의 수명에 대해 받아들여야 한다. 덤덤해지고 싶다. 마땅히 가져야만 하는 시간을 빼앗긴 것이 아니라, 이건 원래부터 주어진 고양이의 시간일 뿐이다. 작은 고양이들의 삶도 하나하나가 나의 시간과 마찬가지로 온전하다. 그렇게 생각해도, 사랑하는 존재를 잃는 것은 어쩔 수 없이 슬프다. 사람이 언젠가는 죽는 것을 우리는 모두 알지만 매일 생각하면서 살아갈 수는 없다. 고양이의 시간이 자연스러운 섭리이기 때문에, 우리가 고양이의 시간에 대해서 충분히 미리 눈치채지 못하는 것이 아닐까?

고양이를 키우고 있다면 누구나 내 고양이가 세상을 떠나는 날이 오는 것에 대해서 생각해봤을 것이다. 결국은 내 곁에 있는 지금을 소홀히 흘려보내지 말아야 한다는 것밖에는, 어떤 대답도 없는 것 같다. 그저 너에게 너무 미안해지지는 않았으면, 네가 나와 보냈던 시간이 행복했을 것이라고 믿을 수 있었으면, 하고 바란다.

만약 수술을 하다가 죽으면 누군가 구구를 맡아줘야 할 텐데, 걱정했던 것이 무색하게 건강을 되찾은 아사코는 새 작품과 함께 활력을 얻는 동시에 사바에 대한 미안함을 털어냈을 것이다. 세상을 떠난 고양이에게서, 나는 당신과 함께 살아갈 때 행복했다는 말을 듣는 것보다 더 바랄 것이 있을까. 하나의 세계가 이렇게 편지처럼 접혀 봉투에 고이 담겨졌다. 새로 온 편지를 부스럭부스럭 펼쳐서 읽어야 할 때다. 고양이는 하나의 세계를 들고 편지처럼 도착한다. 아사코가 새로운 고양이를 만나러 펫숍에 들어갔던 그때, 아사코에게 눈을 맞추고 메시지를 보냈던 것이 오히려 고양이 쪽이었던 것처럼. 두 번째 고양이가 아사코의 품으로 걸어 들어온 것은 그녀에게 있어서 구구의 이름 그대로 '구구(Good- Good-의 일본식 발음)'였다.

이 영화는 결국 고양이 영화는 아니다. 오히려 한 사람의 내면과 성장을, 낡고 까슬까슬한 종이 위에 연필로만 낙서하듯이 그려낸 고요한 그림 같은 영화에 가깝다. 하지만 고양이와 함께 생활하고, 세상을 떠난 고양이로 인해 결핍을 느끼며, 또 다른 고양이를 만나는 것이 또한 그녀를 성장하게 했다.

내 사랑이 미처 소진되기 전에 나의 고양이가 너무 빠른 시간을 걸어갔다면, 남은 사랑을 씨앗 삼아 다시 싹을 틔우기 위해서 당신도 아마 두 번째 고양이가 필요해질지도 모른다.

제이가 없어졌다. 제이는 삼색 고등어 태비의 코숏(코리안 숏헤어-우리나라 길고양이)으로, 나의 첫 번째 고양이다. 길고양이였지만 어릴 때 우연한 인연으로 나에게 오게 되었는데, 맨투맨 티셔츠를 입은 것처럼 앞다리만 예쁜 갈색이었다. 당시에는 길에서 고생을 했는지 입이나 귀에 약간씩 상처가 있었지만 병원에 데려갔다가 집에서 잘 먹고 자니 얼마 후 깨끗하게 나았다. 딱 '캣초딩'이라 부르는 시기라 집에 오자마자 온갖 말썽을 부리던 그 고양이를 나는 아주 빠르게 사랑하게 되었다. 이제 제이가 없는 생활은 도저히 상상할 수 없었다.

제이가 집에 없다는 걸 알게 된 건 새벽 5시 즈음이었다. 두 마리 고양이가 늘 침대에 함께 누워서 자는데 제이가 보이지 않았다. 현관문을 만져보니 철컥 하고 닫혔다. 전날 밤에 현관문을 닫은 뒤에 잠가야 하는데, 실수로 잠근 뒤에 닫은 탓에 여태까지 문이 열려 있었던 것이다. 설마 하는 마음에 서둘러 불을 켜고 침대 밑을 들여다보고, 거실을 살피고, 베란다, 세탁실, 화장실, 옷장까지 열어봤지만 제이가 없었다. 이렇게 어이없게 고양이를 잃어버리다니, 믿을 수가 없었다.

아직 멀리 가지는 않았으리라 짐작하고 옷을 주워 입고 집 밖으로 나왔다. 우리 집은 복도식 아파트인데, 출근 시간이 되면 사람들 발소리에 놀라 어딘가로 더 꼭꼭 숨을 것 같아 마음이 급해졌다. 설마 엘리베이터를 타고 1층으로 내려가 유유히 밖으로 나갔을 리는 없어서 아파트 꼭대기 층부터 계단으로 내려오며 복도를 샅샅이 살폈다. 경비 아저씨께 부탁해서 지하까지 내려가 봤지만 제이의 모습은 보이지 않았다.

침착해야 된다고 스스로를 다독이며 집으로 돌아와 제이의 사진을 크게 뽑아 급한 대로 전단지를 만들어 붙였다. 어느덧 날이 밝아지면서 아침이 왔다. 사람들이 돌아다니기 시작할 시간이 되자, 제이가 어디서 겁에 질려 있을 것을 생각하니 너무나 불안하고 초조했다. 몇 시간 동안 아파트를 오르내리고 단지 내를 돌아다니며 제이를 찾아 다니다가, 오전 10시쯤 비상계단에 식빵 자세로 웅크리고 있던 제이를 비로소 발견했다. 자기도 놀랐는지 눈이 동그랗게 커져서 어쩔 줄 모르고 누워 있었다. 분명 샅샅이 확인했다고 생각했는데 왜 더 빨리 발견하지 못했는지 미안하기만 했다.

그렇게 제이의 6시간가량의 가출이 마무리되었다. 나는 제이를 잃어 버렸다는 사실을 알고 나서 골든타임을 허비할까 봐 제대로 울지도 못했다. 제이가 평소처럼 집 안에 보이니 그제야 몸에 힘이 쭉 빠지 며 안도의 눈물이 쏟아졌다. 정말 아찔한 순간이었다.

그날 밤, 피곤했는지 평소처럼 내 발치에 누워 온몸에 힘을 쭉 빼고 새근새근 잠들어 있는 제이를 나는 여러 번 쳐다보며 자리에 잘 있는 지 확인했다. 새벽에 잃어버렸던 제이가 지금 내 옆에 실제로 있다는 사실이 비현실적인 기적처럼 느껴졌다.

사실 그날 말고도 내 고양이가 사라질 뻔했던 더 심각한 사건은 따로 있었다. 두 해 전쯤, 아직도 정확히 기억하고 있는 새해 1월 1일 밤 10시 즈음에 나는 제이를 데리고 병원에 뛰어갔다. 갑자기 밥을 먹지 않고 가쁜 숨을 쉬며 입을 벌리고 개구호흡을 하는 모습 때문이었다. 털을 조금 깎았고 엑스레이를 찍고 초음파 검사도 했지만 원인을 알 수 없어 다음 날 더 큰 병원으로 옮겨 CT를 찍었다. 조금 애매하긴 하지만 아무래도 림프종인 것 같다고 했다. 태어난 지 일 년도 안 된 작은 고양이가 암 선고를 받은 것이었다.

그때 내가 할 수 있는 일은 많지 않았다. 돈과 시간을 쓰고, 온 마음을 다해 바라는 수밖에 없었다. 그러는 동안 숨이 막힐 정도로 아주 많이 울었고, 또 아주 간절하게 기적을 바랐다. 8개월 정도 매주 병원에 가면서 항암치료를 한 제이는 다행히 많이 좋아졌다. 그래도 언젠가는 꼭 재발할 것이라고 했다. 그리고 그때는 마음의 준비를 해야 한다고 수의사 선생님이 말했지만, 아직 제이는 잘 지내고 있다. 제이의 소식을 알고서 '큰 병 걸렸던 고양이들도 아무렇지 않게 몇 년 동안 잘 지내더라'고 위로해준 SNS 댓글 하나가 날 버티게 하는 희망이 됐다.

죄책감과 불안함에 늘 마음의 일부가 먹구름에 가려져 있는 듯하던 시간이었다. 이래서 뭘 사랑하기가 싫어, 그런 생각도 했다. 사랑하는 이에게 마음을 쏟으면 이별 후에 꼭 그만큼 나의 일부가 무너져 후회하기가 여러 번이었다. 하지만 그래도 내 인생에 제이를 괜히 들였다는 생각은 아무래도 들지 않았다. 이렇게 마음이 아플지라도 제이를 괜히 사랑한 것은 결코 아니었다. 종양 때문에 언젠가 제이를 떠나보내더라도, 그래서 내가 또 한동안 네 이름을 떠올릴 수 없을 만큼 괴로워지더라도 괜찮다, 할 수 있는 일을 나는 최선을 다해서 했고, 그만큼 우리는 조금 더 시간을 함께 보낼 수 있었고, 내가 널 얼마나 사랑하는지 알려줄 시간이 그만큼 있었으니까 괜찮다고……. 다른 일에는 느껴본 적이 없었던, 그런 마음이 절실하게 제이를 향했다.

내 인생에서 제이가 없어지는 일은 물론 언젠가 일어날 것이다. 하지만 영화처럼 세상에서 고양이가 다 사라지는 것까지 생각해볼 필요도 없이, 내 세상에서 내 제이가 사라질 뻔한 일들은 나의 세상 전체를 움직이는 사건이었다. 하기야 제이가 사라지지 않아도 내 삶은 제이가 함께 있었던 시간과 그렇지 않은 시간으로 나뉘었다. 우린 그만큼 많은 것을 공유했으니까. 말 그대로 우린 가족이 되었으니까.

〈세상에서 고양이가 사라진다면〉은 책을 원작으로 만든 영화다. 주인공은 어느 날 갑자기 뇌종양으로 시한부 선고를 받게 되는데, 그날 밤 자신의 얼굴과 똑같이 생긴 의문의 존재가 찾아와 자신을 '악마'라고 소개한다. 그러고는 자신이 내일 죽게 될 것이라고 알려주더니, 하루를 더 살고 싶다면 세상에서 무언가 하나를 없애기로 결정하면 된다는 솔깃한 제안을 내놓는다.

그렇게 하루에 한 가지가 세상에서 사라지게 된다. 첫날에는 전화가, 둘째 날에는 영화가, 그 다음 날에는 시계가 사라졌다. 없어진다고 해서 사람들의 생명에 지장을 줄 만한 것들은 아니지만, 그 물건들에 얽힌 추억과 관계들도 주인공의 곁에서 하나씩 사라져간다. 여러 날을 통화하며 친해졌던 첫사랑은 더 이상 그를 기억하지 못하고, 늘 영화를 추천해주었던 소중한 친구가 일하는 DVD 대여점도, 아버지가 일하던 시계점도 사라진다.

하나하나 상실되어가는 관계에 대한 마음을 정리할 틈도 없이, 악마는 다음 날 없앨 것을 '고양이'로 하면 어떻겠느냐고 제안해온다. 주인공의 어머니가 키우던 고양이로, 어머니가 돌아가신 후에는 그가 맡아 키우고 있던 녀석이다. 뇌종양 선고를 받고 세상에서 무언가를 하나하나 지워가는 동안에도 늘 그의 곁 어딘가에 있었던 고양이. 무뚝뚝한 아버지가 내키지 않는 척하면서도 이름을 지어준 그 고양이.

고양이를 없애기로 하면 하루를 더 살 수 있지만, 그는 결국 고양이를 세상에서 사라지게 하지 않겠다고 마음먹는다. 이 세상은 수많은 추억과 관계로 이루어져 있으며, 그것들이 사라져가는 세상에서 하루하루를 연장하는 것이 의미 없다는 사실을 깨달았기 때문에.

세상에서 고양이가 사라진다면 어떨까? 길고양이를 눈엣가시처럼 여기는 사람들은 속이 시원할지도 모르지만, 아마 얼마 지나지 않아 이번에는 거리에서 쥐와의 싸움을 해야 할 것이다. 이미 고양이의 마법에 걸린 랜선집사들은 그 우주 같은 눈과 찹쌀떡 같은 귀여운 앞발을 그리워하며 스마트폰 위에서 방황할지도 모른다.

만약 악마가 나에게 같은 제안을 해온다면, 나는 아마 주인공과 같은 선택을 할 것 같다. 내 수명을 하루 늘리기 위해 이 세상에서 고양이가 사라지게 만들 수는 없을 것이다. 자신의 삶에서 고양이가 사라질 위기에 놓인 많은 이들이 얼마나 많은 한숨과 눈물을 쏟아내고 있는지 알기 때문이다. 누군가에게 고양이는 '그냥 동물'이지만, 누군가에게는 마음과 관계의 중심에 있는 존재이기도 하다.

이전에 한 보호소를 취재한 적이 있다. 그 보호소는 애니멀 호더에게서 구조된 고양이를 보호하고 있는 임시 보호소였는데, 봉사자들이 아무런 대가도 받지 않고 회사에서 퇴근하면 들르는 식으로 애써 아이들을 돌보고 있었다. 봉사자들이 그 일을 통해 원하는 건 딱 한 가지밖에 없다. 그 고양이들이 누군가의 가족이 되고, 그대로 수명이 다하는 날까지 사랑받으며 사는 것.

세상에는 그런 사랑도 있다. 이런 말이 적절할지 모르겠지만, 나는 종교와 팬심과 동물을 향한 사랑이 어떤 면에서는 비슷한 색깔을 띠고 있는 것 같다. 너그럽고, 순수하고, 대가를 바라지 않는다는 점이 그렇다. 내 고양이가 내 월급을 다 병원비로 갖다 써도 나는 내가 할 수 있는 일이 그거라도 있다는 사실이 감사했다. 그런 마음은 아마 내가 마음먹는다고 쉽게 생겨나지는 않을 것이다. 그래서 세상에는

고양이가 사라지면 안 된다. 어떤 이들의 TV에는 아이돌 가수가 나와야 하고 어떤 이들의 삶에는 종교가 있어야 하는 것과 마찬가지다. 이런저런 것들이 없어져도 세상은 그럭저럭 돌아갈지도 모른다. 하지만 그런 삶은 상상하고 싶지 않다.

오늘이
마지막일지도
몰라

불행이 나를 특별하게 한다고 착각할 때가 있었다. 아마도 15살 무렵 쯤……. 때로 사람들은 불행으로 자신을 치장하고 싶어한다. 불행을 부풀리고, 없는 것을 지어내고, 심지어 과시한다. 그러나 반대로 고양이들은 가능한 행복해 보여야 행복해질 가능성이 높다. 보호소에서 안락사를 앞두고 있는 유기묘, 길 위에서 자생할 수 없어 사람의 도움이 필요한 길냥이들은 적어도 귀엽고 예쁘고 사랑스러워야 사람들의 눈에 띄어 입양을 갈 확률이 늘어나는 것이다. 길고양이로 살아간다는 건, 당장 내일을 알 수 없는 현실에서 살아 있는 지금이 가장 예쁘고 빛나는 순간이라는 뜻인지도 모르겠다. 지금 당신이 나눠준 한 끼 식사가, 생애 마지막으로 주어진 값진 끼니라는 뜻일지도.

어느 날, 조용한 어느 골목길에서 치즈고양이 한 마리가 어딘가를 물끄러미 보고 있었다. 한참 동안을 우두커니 앉아 있기에 나도 그 고양이의 시선을 따라 고개를 돌려봤다.

중학생 정도로 보이는 두 명의 학생들이 기둥 하나를 가운데 놓고 어슬렁거리고 있었다. 그중 한 아이가 뭔가를 던지려는 듯한 친구를 말렸다. "그냥 가자, 하지 마." 거기엔 이유 없이 쫓기고 있는 검은 고양이 한 마리가 있었다. 옆에 있던 치즈고양이와 덩치는 비슷해 보였다. 빌라가 모여 있는 곳이라 1층은 모두 주차장인데, 평일 낮이라 차가 별로 없어 숨을 장소가 마땅치 않았다. 아이들이 고양이를 괴롭히고 있다는 걸 눈치챈 내가 개입하려 하는데, 다행히 두 아이가 이내 고양이에 대한 관심을 접고 멀어졌다. 검은 고양이는 재빨리 골목 사이로 걸어 사라졌다.

고양이를 싫어할 수 있다. 나도 개인적으로 물고기와 파충류를 싫어한다. 하지만 그렇다고 싫어하는

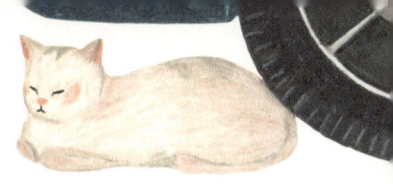

것을 일부러 괴롭히고 해를 끼치는 것
이 옳다고 할 수 있을까? 자기보다 약한
존재를 향해 싫은 마음을 공격성으로 표현하는 사람이라면, 싫은 사
람을 만났을 때는 과연 그 공격의 욕구를 무난히 참아낼 수 있을까?
과격한 예시로 보일지도 모르지만, 동물을 학대하는 사람들은 언젠가
그 화살을 사람에게 돌릴 가능성이 높다는 조사 결과가 실제로 있다.

길고양이가 사람을 피하는 것이 우리에겐 익숙한 모습이지만, 실은
그게 당연한 것이 아니다. 동물이 사람을 경계하고 무서워하는 것은
타고나는 것이 아니라 학습된다. 알프스에 살고 있는 염소나 독수리
가 사람을 보고 기겁하는 모습이 상상되는가? 사람들이 화내고, 괴
롭히고, 발로 차기 때문에 도시의 길고양이들은 사람을 보면 경계하
며 숨게 된 것이다.

〈고양이 춤〉은 길고양이들의 모습을 이용한
작가와 윤기형 감독 두 사람의 시각으로 담
은 다큐멘터리 영화다. 사진과 동영상이 번
갈아가면서 나오는 형식의 영화는 처음
보는 것이지만, 두 사람의 이야기는 자연

스럽게 교차된다. 그들의 삶에 들어온 길고양이의 이야기는, 우리 주변에 있는 길고양이들의 이야기이기도 하다.

그들이 만난 길고양이들은 나름대로의 관계와 일상 속에서 살아간다. 그 고양이들에게 늘 밥을 챙겨주는 캣맘이나 캣대디의 모습도 보인다. 하지만 두 사람의 시선을 통해 고양이들의 세계를 들여다보는 우리는 이내 고양이를 대하는 사회 분위기가 따뜻하지만은 않다는 사실을 알 수 있다. 영화에 나오는 말 그대로 '고양이에게는 매 순간이 위기이고 시련'이다.

고양이의 수명은 보통 10년에서 15년이지만 길고양이들은 대개 2, 3년 밖에 살지 못한다고 한다. 발에 채지 않기 위해 쫓겨 다니고, 먹을 것이 없어 음식물 쓰레기를 뒤지느라 염분 많은 음식을 먹어 몸이 붓는다. 사람들이 깔아놓은 도로 위에서 로드킬 당하는 일도 흔하다. 고양이를 돌봐주는 캣맘들은 잊을 만하면 한 번씩 '그렇게 고양이가 좋으면 다 집으로 데려가서 키워라' 하고 윽박지르는 말을 들어야 한다.

그러나 고양이뿐 아니라 세상의 모든 일이 그렇지 않은가. 한 사람이 세상을 구원할 수는 없다. 그러니 '좋으면 다 데려가서 키워라'고는 말하지 않았으면 좋겠다. 그들은 사람들이 만들어놓은 세상에서 피해받는 생명들이 안타까울 뿐이고, 마음 아파도 실제로는 모든 길고양이를 구조할 수도 없을 뿐만 아니라 또 구조해서 집냥이가 된다고 해서 모든 고양이가 행복해지는 것도 아니다. 그저 길고양이들은 거기에 있는 게 자연스러운 일이다. 인간들이 만든 세상이 고양이들의 생태를 어지럽히곤, 그들을 내쫓기까지 하는 것은 너무 잔인하지 않은가.

내가 사는 동네에는 길고양이가 많은 편이다. 동네 어른들이나 경비 아저씨들도 고양이에게 너그럽다. 지나가면서 '애기야, 뭐 하냐' 하고 친근하게 말을 건네는 모습도 여러 번 봤다. 한 번은 내가 쭈그리고 앉아 한 고양이에게 캔을 먹이며 지켜보고 있었더니 초등학생으로 보이는 아이들 몇몇이 와서 물었다.

"언니가 키우는 고양이예요?"

"아니, 그건 아닌데 길에서 지내는 고양이야."

"아, 길고양이!"

"맞아, 길고양이야."

도둑고양이가 아닌 길고양이라는 말을 알고 있는 아이들이 기특했다. 그러더니 한 아이가 이 고양이 이름은 나비라며, 경비실 아저씨랑 다른 아주머니도 나비라고 부르는 걸 봤다고 나에게 종알거렸다. 오가면서 본 모양이었는데, 동네 어른들이 지나다닐 때마다 길고양이들을 나름의 이름으로 부르는 것을 나도 여러 번 본 터였다.

〈고양이 춤〉처럼 길고양이의 모습을 담담하게 담아 보여주는 작품이 의미가 있다고 생각하는 건, 우리도 미워하기 이전에 알아야 한다고 생각하기 때문이다. 가능하면 어릴 때부터 길고양이가 무엇을 훔치거나 재앙을 옮기는 재수 없는 도둑고양이가 아니라는 사실을 일단 배웠으면 싶다. 호불호는 그 다음의 문제다.

생명 존중은 어느 날 한순간에 가르칠 수 있는 게 아니다. 고양이뿐 아니라 많은 동물들이 나름대로의 생태를 이루며 살아가고 있다. 그들의 땅 위에 건물을 세우고 도로를 깔아온 우리들은 적어도 동물들과 공생할 수 있는 길을 모색해야 한다는 것을 어릴 때부터 이해했으면 좋겠다. 다양한 생명들이 실제로 지구상에 공존해 살아가고 있고, 우리의 인식과 행동이 심하게는 그들의 존속에까지 영향을 미치고 있으니 말이다. 이 아이들이 크면 길고양이의 존재를 당연하게 받아들이고, 개중 몇몇은 밥과 잠자리를 챙겨주는 것들이 자연스러운 세상이 되어가지 않을까?

최근에는 내게 '길에서 따라오는 고양이를 만났는데, 어떻게 해야 해?'
라고 묻는 연락도 많아졌다. 물론 잠깐 마주쳤다가 눈에 밟히는 모든
길고양이를 우리가 다 책임지고 키울 수는 없을 것이다. 하지만 확실
히 이전보다 많은 사람들이 고양이를 발견하는 것은 분명히 긍정적인
변화라고 생각한다. 관심이 있어서 보이는 것이고, 애정을 담아서 보
니 가엾게 느껴지는 것이다. 그 단순한 측은지심이, 좀 더 동물들이 살
기 좋은 세상에 조금씩이라도 영향을 미치는 것은 분명하다고 믿는다.

며칠 전에는 아파트 단지로 들어오다가 웬 커다란 박스 하나가 놓여
있는 것을 발견했다. 누가 쓰레기를 잘못 버렸나 싶어 가까이 다가갔
더니 고양이 사료와 캔이 한가득 담겨 있었다. '오다가다 하나씩 여
기 길고양이들에게 뜯어주세요'라는 메모와 함께였다. 이 동네에는
유독 사람을 따라오는 길고양이들이 많다. 고양이에게 뭘 주어야 좋
은지 몰랐던 사람이나, 불쌍해서 사람 음식을 나눠줬던 이들이라면
이제 전용 사료나 캔을 나눠줄 수 있게 됐다.

물론 마음이 동하는 누군가가 길고양이에게 이렇듯 밥과 보금자리를 베푼다고 해서, 원치 않는 누군가도 그렇게 해야 한다는 법은 없다. 고양이가 싫다면 그저 모르는 척, 못 본 척해주는 것만으로도 길고양이들이 살아남는 데에는 충분하다.

길고양이의 내일에는 여러 가지 변수가 뒤엉켜 있다. 그들의 삶은 어떤 것일까? 결코 쉽지는 않을 것이지만, 아마 그들은 불행하게 보이길 원하지도 않을 것이라고 생각한다. 사람의 기준으로 함부로 그들의 삶을 재단하고 일반화할 수는 없다. 가끔은 봄에 피어난 꽃향기를 맡으며 눈을 감기도 하고, 가끔은 차에 치일 위험을 감수하고 도로 한가운데 떨어진 음식을 향해 달려드는 것이 그 자리에 놓여 있는 그들의 삶이다. 코앞에 불행이 기다리고 있을 때도 있고, 뜻밖의 짧은 행운을 만날 때도 있다. 그 불행이나 행운이 삶의 마지막의 것일 수도 있지만, 그저 오늘을 살아가고 있는 것이다.

'이 영화에 나오는 고양이들은 이 세상에 없을 수도 있습니다.'

영화가 시작할 때 이런 문구가 나온다. 아마, 그럴 것이다.
그러나 그들은 오늘도, 내일도 거기에 있다.

그거,
고양이
밥인데요

〈하와이언 레시피〉의 장르를 멜로라고 하기에는 조금 어색하다. 젊은 남자와 젊은 여자, 그리고 늙은 할머니의 삼각관계가 이 영화에 나오는 唯일한 로맨스다. 레오는 이 마을에서 비이 할머니를 만나 매일 밥을 얻어먹게 되고, 비이는 레오를 위한 식사를 준비하던 어느 날에 곱게 원피스를 차려 입기도 한다. 그러는 와중에 상점에서 일하는 마리아라는 아가씨에게 반한 레오는 비이에게 그녀를 소개해주지만 비이는 내심 그녀의 존재가 반갑지 않은 듯하다. 나이와는 상관없이 풍겨져 나오는 묘한 설렘과 껄끄러움, 질투를 누구도 입 밖으로는 꺼내지 않지만 우리는 눈치채지 않을 수 없다. 하지만 이 알 수 없는 기류의 로맨스보다, 당장 식탁 위에 차려지는 소박하고도 침이 고이는 음식들에 더 시선을 빼앗긴다는 점이 이 영화의 더욱 이상한 점이다.

내가 '하와이언 레시피'라는 맛있는 이름을 가진 영화에 대해서 찾아보다가 제일 먼저 발견한 이름은 바로 아오이 유우였다. 대학교 때 일본 드라마나 영화를 꽤 많이 찾아봤기 때문에, 아오이 유우가 나오는 영화를 왜 몰랐을까 의아하게 여기며 영화를 보기 시작했다. 그런데 그녀는 영화 가장 초반에 남자 주인공의 까칠한 여자 친구로 등장해 짜증만 내다가 헤어져버렸다. 그녀 말고는 아는 배우가 하나도 없어서 다소 밋밋해진 마음이 들었는데, 사실 이 영화의 매력은 오히려 조연들의 우습고 사랑스러운 캐릭터와 대사들이다.

"단지 다른 풍경 속에 있고 싶었다. 이 동네에서는 달콤한 냄새가 난다."

이 영화의 유일한 청년, 레오는 여자 친구와 헤어지고 대학을 휴학했다. 그리고 하와이의 호노카아 마을에 온다. 이 마을은 실제로 하와이에 있는 지명으로, 사탕수수 공장이 있던 곳이라고 하니 감각을 곤두세우면 아마 정말로 달콤한 냄새가 느껴질 것이다. 다만 레오가 맡은 달콤한 냄새가 사탕수수의 냄새인지, 새로운 풍경 속에 들어와 찍은 쉼표에서 나는 냄새였는지는 모르겠다.

여자 친구와 헤어졌지만 그녀를 별로 좋아하지 않았는지, 레오는 별로 슬프지 않다고 중얼거린다. 다만 지쳐 있었는지도 모른다. 낯선 곳에 찾아와 배경이 달라지는 것만으로도, 마음 놓고 달콤한 냄새에 젖어들 수 있다. 그리고 이 마을에서 레오는 실제로도, 달콤하고 먹음직스러운 음식을 잔뜩 만나게 된다.

"여자는 남자의 꿈에 끌리는 거야. 꿈이 없는 남자는 머리 나쁜 남자보다 매력이 없어."

이 마을의 미용사 미즈에의 명언. 시간이 멎은 것처럼 평화롭고 고요한 이 마을에서, 레오는 어쩌면 아무것도 되지 않아도 된다는 사실에 안정감을 느꼈을 것이다. 계속해서 무언가를 이루어나가야만 가치를 인정받는 듯한 세상과 달리, 이곳에서는 모두가 당장 하고 싶은 일을 하며 조용히 늙어가고 있을 뿐이다. 되고 싶은 것과 될 수 있는 일은 다르다는 레오의 말에 대한 미즈에 아주머니의 따끔한 일침이다.

"나이 먹었다고 해서 안 되는 것은 없어."

이 마을에는 나이 많은 사람들밖에 없다. 87세에도 야한 잡지를 구해서 보고, '동성애'라고 쓰인 티셔츠를 뜻도 모르는 채 입고 다니는 코이치 할아버지는 매사에 감정에 솔직하다. 나이 먹었다고 해서 사랑할 자격이 없어지는 것은 아니라는 걸 알려준다. 우리는 나이가 많다는 이유로 이런저런 것들을 지레 포기해버리는 게 아닐까?

그건, 엄마를 생각해보아도 알 수 있다. 어릴 때는 엄마가 쇼핑이나 외식에 관심이 없는 줄로만 알았던 것 같다. 엄마가 나를 위해서 나이 먹었다는 사실을 나는 한참 동안이나 잘 몰랐다. 엄마도 예쁜 것을 사고 싶고 가끔은 영화를 보며 여가를 즐기고 싶어한다는 사소한 사실을. 우리는 나이를 먹으면 설렘이 사라지고 감정이 메마른다고 대충 생각해버리지만, 상황에 떠밀려 잠시 상자에 담아두는 것이 아닐까? 언제고 다시 꺼내어 툭툭 먼지를 털고, 내 감정을 들여다볼 여유가 필요한 것뿐.

나이를 먹는 것은 누구나 마찬가지지만 신체 나이와 정신적 나이가 균일하게 늙어가는 것은 아니다. 몸은 나이 먹더라도 안 되는 것은 없다는 정신적 나이를 유지하고, 내가 원하는 것들을 담아놓은 작은 상자가 있는 곳을 잊어버리지 않는 것이 중요하다. 코이치 할아버지

의 말대로 나이 먹었다고 해도 마음이 원하는 일이라면 뭐든지, 아직 늦지 않았다. 코이치 할아버지가 투병 중인 할머니를 내내 곁에서 지키는 것도 아마 마음이 시키는 일이리라. 또 비이 할머니의 보일 듯 말 듯 아슬아슬한 마음 역시.

"그렇게 쉽게 보면, 봐도 별로 안 기뻐요."

내 고양이는 어릴 때 사냥을 위해 태어난 것이 아닐까 싶을 만큼 눈만 뜨면 닥치는 대로 사냥을 하며 뛰어다녔는데, 미친 듯이 우다다하던 고양이가 마침내 잠이 들면 집 안이 고요해졌다. 아까부터 쉴 새 없이 돌아가고 있었던 선풍기 소리가 그제야 들리고, 고양이 배가 오르락내리락하고 있는 모양만이 시간이 멈추지 않았다는 걸 알려준다. 우리 집의 작은 거실은 어디 있든 고개만 돌리면 베란다 밖이 보이는데, 정면에 또렷한 보름달이 떠 있고 간혹 검은 구름이 보름달을 덮었다가 이내 흘러 지나가고는 했다. 잠시 가려졌다가 다시 선명한 테두리를 그리며 나타나는 보름달을 잠시 지켜보는 것이, 꼭 영화 보는 것 같네, 하고 생각하곤 했다.

비이와 레오는 보기 힘들다는 달 무지개를 보러 여행을 떠난다. 밤이 깊어지고 둘은 한없이 하늘을 올려다보지만, 달 무지개는 보이지 않았다. 그날 밤, 비이와 레오도 이런 기분으로 하늘을 바라보고 있었을까? 무중력 같은 다른 풍경에 속해 있는 느낌. 비이는 시간이 멈춘 것처럼 세상은 잠들어 있고, 시간이 이대로 정말 멈췄으면 좋겠다고 생각했을지도 모른다. 풍경은 말없이 흘러간다. 애초에 달 무지개를 보고 싶었던 게 아니었던 것도 같다. 그냥 같은 바람을 품고 기다리는 것, 그 시간을 공유하는 것이 가장 소중했을 뿐.

한참 어린 젊은 청년 레오에 대한 비이의 마음은 결국 무엇이었을까? 비이는 레오를 통해 외로움을 다소 털어낸다. 그건 음식을 통해서 전해진다. 사실 음식 영화라고 해도 좋을 정도로 먹음직스러운 음식의 향연이 이어지는 이 영화에서 제일 처음 나오는 요리는 다름 아닌 고양이 밥이다.

"그거, 고양이 밥이에요."

처음 비이의 집에 심부름을 왔다가 냄비에 있는 먹음직스러운 음식을 발견하고 자기도 모르게 한 입 먹어보는 레오. 뒤늦게 그 모습을 발견한 비이가 그 음식이 고양이를 위한 것이었다는 사실을 알려준

다. 그리고 집에 요리 도구가 없다는 레오를 위해 비이는 매일 밥을
차려주기로 한다.

먹는 것과 요리를 하는 것은 비슷한 듯하지만 확실히 다른 영역에 있
다. 요리는 대상이 있을 때에 의욕이 솟고 빛을 발할 때가 많다. 자
취, 자가 취사를 하기 시작하니 나 자신을 위한 요리는 좀처럼 하지
않게 되었다. 요리 외에도 나를 기다리고 있는 집안일은 충분히 많
고, 집에 있는 시간을 휴식에 조금 더 투자하기 위해서는 요리라는
집안일을 조금 줄이는 편이 나았다. 하지만 내 요리를 먹어줄 사람이
있을 때, 혹은 끼니를 챙겨주고 싶은 사람이 생겼을 때는 요리라는
과정에도 즐거움과 기대감이 버무려진다. 고양이에게 정성 들여 밥
을 챙겨줬던 것처럼, 그녀는 레오를 위해 소박하지만 다채로운 식탁
을 준비한다.

그것이 그녀의 베풂이기도 하지만 동시에 어리광이 아니었을까 싶기
도 하다. 영화에서는 모호하게 그리고 있지만, 비이의 수줍은 마음은
늘 식탁 위를 맴돈다. 아무리 나이가 많아도 사랑하고 사랑받고 싶은
여자의 마음은 비이의 음식을 통해 느껴졌고, 아마 이 마음은 결실이
중요한 문제는 아니었을 것 같다.

PART 2

둘   이
되는 것도
쉽지 않다

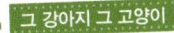

다름,
그리고 이끌림

사람이 변하는 걸까, 사랑이 변하는 걸까? 웃을 때 툭 치는 그 사람의 버릇을 좋아했는데 언제부턴가 성가시게 느껴지고, 기분 나쁠 때 입술이 삐죽 올라가는 모습이 귀여웠는데 언제부턴가 유치하게만 보인다. 그러고 보니, 애초부터 그는 나와 맞는 구석이 하나도 없었던 것 같기도 하다. 사랑의 콩깍지에 정말 유효기간이라도 있는 건가. 처음엔 내게 없는 걸 가지고 있는 바로 그 점에 끌렸는데, 이제는 나와 비슷한 취미와 비슷한 습관을 지닌 사람을 만나고 싶어졌다.

사랑에 빠지면, 혹은 이별을 하면 세상 모든 노래가 내 이야기처럼 들린다. 왜 그럴까, 결국 세상의 모든 사랑과 모든 이별은 비슷한 형태를 가지고 있기 때문이 아닐까. 강아지를 키우는 고양이 같은 여자 '보은'과 고양이를 키우는 강아지 같은 남자 '우주'의 연애도 마찬가지다. 영화 〈그 강아지 그 고양이〉에서 그리고 있는 두 사람의 연애는 그들의 반려동물에게 오버랩되는 듯하면서 결국은 우리 모두의 연애와 닮아 있다.

두 사람은 어느 날 우연히 자신의 삶에 반려동물을 들여놓게 된다. 그리고 각각의 강아지, 고양이와 산책에 나섰다가 운명처럼 서로를 마주친다. 실제로 이성을 유혹하기 위해 반려동물과 산책에 나서는 사람들이 적지 않다는 통계가 있다는데, 아무래도 동물이 사이에 있으면 낯선 이에게 첫 마디를 건네기가 쉬워지는 건 분명한 것 같다.

예기치 못하게 시작한 반려생활에 점차 익숙해져 가는 것처럼, 뜻밖에 시작된 연애에서 서로의 매력에 빠져드는 것도 순식간이었다. 물론, 강아지를 키우는 여자와 고양이를 키우는 남자가 각자의 반려동물만큼이나 다른 성향의 지점에 서 있으리라는 것을 우리는 이미 예상할 수 있다. 그러나 그들의 '차이'는 막 시작하려는 사랑에 조금도 영향을 미치지 못한다.

나는 반려동물 매거진의 에디터로 취재를 다니면서 반려동물을 키우는 수많은 사람들을 만나보았는데, 재미있게도 강아지를 키우는 사람과 고양이를 키우는 사람은 실제로 그 성향이 다르다는 느낌을 받았다. 콕 짚어 말하기는 어렵지만, 강아지를 키우는 사람들이 비교적 사교적이며(물론 인터뷰 중 단답으로 대답만 뚝뚝 끊어 하는 무뚝뚝한 사람들도 있지만), 고양이를 키우는 사람들이 비교적 까슬까슬하고 주관이 강한 분위기를 풍긴다(너무나 친근하게 맞아주셔서 사적으로 또 연락했던 분들도 역시 있다).

물론 통계적인 근거는 없고, 동물의 성향을 바탕으로 한 편견이 깔려 있다는 사실을 부정할 수는 없다. 하지만 나는 개인적으로, 고양이를 키우는 남자와는 연애하지 않겠다는 결심을 남몰래 했다는 사실을 고백한다. 아마 나 자신이 고양이를 키우며 혼자 사는 삶에 만족해서였을 것이다. 나처럼 고양이와 둘이 사는 것으로 충분히 괜찮은 사람보다는, 강아지처럼 맹목적으로 사랑해주는 사람을 만나고 싶었다.

🐾

누군가 말릴 새도 없이 어쨌든 이들은 사랑을 시작하게 된다. 보은이 친구들을 만나 남자 친구 우주에 대해 시시콜콜 자랑하는 장면은 전형적인 '사랑에 빠진 여자'의 모습이다. 강아지처럼 곁에서 챙겨주고 애정을 쏟아주는 남자 친구가 지금 이 순간만큼은 세상에서 가장 멋진 사람으로 보일 것이다. 우주 역시 마찬가지다. 이 여자, 얼굴도 예쁜데 고양이처럼 튕기는 매력까지 있다.

서로의 완벽함에 감탄하던 어느 날 보은은 묻는다.
"우리도 언젠가 헤어지고, 누군가에게 지난 사랑으로 서로의 이야기를 하게 되지 않을까?"
아마도, 많은 경우 그렇게 사랑의 결말은 올 것이다. 행복이 길어질수록 우리는 다소 불안해진다. 우주는 왜 그런 걸 생각하느냐고 버럭 화를 낸다. 하지만 "알아, 아는데 그냥 그럴 수도 있다는 거지" 하는 보은의 말도 분명 와 닿는 데가 있다. 그 순간 보은이 터트린 뜬금없는 울음의 의미까지 나는 이해할 수 있을 것 같았다. 행복 뒤에 오는 것이 더욱더 큰 행복일 가능성은 아주 적다. 그래도 우리는 그 위태로운 행복을 있는 힘껏 이어나간다. 행복이 사그라졌을 때, 적어도 미련을 남기기 위해서. 그래서 우주는 기타를 치며 노래를 불러 보은을 달래준다. 그 다정함에, 일단 불안감은 잦아든다.

하지만 이십여 년 넘게 달리 살아온 두 사람이 완벽한 톱니바퀴처럼 맞물릴 수는 없는 노릇이다. 강아지와 고양이만큼 다른 두 남녀는 종족의 벽만큼이나 높은 그와 나의 차이를 느껴가고 있다.

싸움은 사소한 데서 시작된다. 더 이상 이유가 중요하지도 않은 사소한 문제들이 보이지 않는 먼지처럼 서서히 사랑 위에 수북이 쌓인다. 어느 순간부터 그들은 강아지와 고양이의 언어로 싸우기 시작한다. 영화에서 이 장면이 정말로 '멍멍멍!'과 '야옹야옹야옹!'이라는 소리로 표현되는 것이 무척 인상적이다.

말이 통하지도 않는다, 너와 나의 거리는 종의 차이만큼 멀다. 강아지처럼 치대는 게 귀찮다, 고양이처럼 앙칼지게 구는 건 짜증스럽다. 그런 변화를 느끼며 두 사람은 이제 이별을 앞두고 있다.

혹시나, 하는 기대감을 무너뜨리며 보은과 우주는 정말 헤어진다. 하지만 그들의 데이트에는 늘 각자의 반려동물이 함께 있었고, 이별 후에도 반려동물은 그 둘의 관계를 떠올리는 매개체가 되어준다.

그와 헤어진 후 어느 날, 보은은 반려견 우주(남자 주인공과 같은 이름

이다)가 아침도 먹지 않고 잠이 든 모습을 본다. 밥 먹어, "빨리 안 오면 밥 안 준다?" 컵에 우유를 따르며 말을 걸어보지만, 재촉해도 우주는 꼼짝하지 않는다. 처음 만났을 때부터 이미 나이가 많았던 아이, 불현듯 조용히 무지개다리를 건넌 것이다. 어떤 이별은 이렇게, 미련이나 다음을 기약하는 것도 허락하지 않는다. 두 번의 연이은 이별로 이렇게 아마 그녀의 인생에서 하나의 막이 내려졌을 것이다. 나중의 일이지만, 반려동물 납골당에서 보은은 자신과 마찬가지로 고양이를 떠나보낸 우주를 만나게 된다.

하지만 몇 번의 이별을 겪은 그들이 다시 새로운 일들을 시작하고, 또 몇 가닥의 새로운 인연의 끈을 맺어내는 것은 다행스러운 일이다. 처음 만나는 사람 혹은 동물이 생소하기도 하고, 이 만남을 책임질 수 있을지 겁도 나지만 결국 또 우리는 나와 다른 어떤 모습에 이끌리고 만다.

보은은 그 후 유기견 센터 봉사활동을 하다가 새로운 강아지를 입양하고, 우주는 친구가 데려온 어린 길고양이를 키우지 않겠다며 화를 버럭버럭 내지만 금세 정이 드는 것은 별수 없다. 사랑의 상처를 치유하는 방법도, 이 두 사람은 이렇게나 다르다.

이 영화는 아이폰으로만 촬영됐는데, 영화에 나오는 강아지 우주는 실제 입양된 유기견이고, 고양이 보은은 민병우 감독님의 반려묘라고 한다. 잠깐 방심한 틈에 고양이가 어디론가 사라져 전 스태프가 찾으러 다닌 적도 있고, 강아지가 무지개다리를 건너는 장면에서는 눈을 감는 그 장면을 연출하기 위해 특별 훈련을 받기도 했다고. 동물들에게 촬영이 익숙할 리 없으니 어려움도 많았던 과정이라지만, 오히려 크기가 작은 아이폰으로 촬영되었기 때문에 동물들도 촬영기기에 금방 익숙해졌던 듯하다.

영화 〈그 강아지 그 고양이〉를 통해 보자면, 서로 다르게 생긴 퍼즐이 만나 하나로 맞춰지는 것이라는 연애의 형태가 정말 납득할 만한 것인지 실은 잘 모르겠다. 각기 다른 모서리로 서로를 찌르게 될 뿐인 연애도 분명히 있다. 연애 초기의 무조건적인 애정은 어디서 왔다가 어디로 가는 것일까? 왜 나는 처음부터 그의 단점을 발견하지 못하는 걸까? 이미 그의 마음이 내 마음 깊숙이 파고들고, 내 여린 살결에 파묻혀 나를 상처 입힐 때까지 왜 그를 들여보내준 걸까?

어쩌면 그렇게 약하고 쉽게 다치는 곳까지 닿았을 때에서야 사랑은 부드럽게 뿌리를 내리고 피어나는 것일지도 모른다. 그러나 올바른 온도와 햇볕으로 가꿔주지 않으면 그것은 식물처럼 쉽게 시든다. 알아들을 수 있는 예고편도 주지 않고.

많은 사람은 사랑을 일방적인 언어로, 자신의 방식대로만 표현한다. 유심히 살펴보지 않는다면 시들고 말겠다는 반 협박을 명료하게 알아들을 수가 없다. 그렇게 끝난 인연 중 몇몇은 아마도, 그렇게 흘려보내기에는 아까운 것이었을지도 모른다.

하지만 이 사랑은 어쨌든 끝이 났다. 내 반려동물을 무지개다리 건너로 보내는 것만큼 이별은 아프고 속상하지만, 힘들고 아프게 헤어지는 것은 그 시간이 그만큼 사랑스러웠음의 반증일 것이다. 슬프지도 않은 쿨한 이별만큼 부질없는 게 있을까? 그러니 그 시간이 아무것도 아닌 것은 아니라고 믿고 싶다.

보은과 우주는 결국 또 자신의 성향과는 백만 년쯤 먼 누군가에게 이끌릴 것이다. 새로운 사랑을 시도하는 것에 겁을 먹을지언정 호감 가는 이에 대한 호기심을 이길 것이 있으랴. 힘들게 헤어지고, 상처와 미련을 양분 삼아서 또 나와 다른 누군가에게 이끌리는 것이, 사랑이 익어가는 과정일 것이다.

이영화는 사랑을 시작하는 연인 혹은 이제 막 끝낸 싱글들이 가벼운 마음으로 보는 것도 좋을 만한 영화다. 두 사람과 두 동물의 평범하고 뻔한 연애 스토리는, 다른 점이 더 많지만 어쩐지 끌리는 나와 그의 이야기다.

이쯤에서 화해하면 어떨까?

어느덧 친구들과 그다지 싸우지 않게 되었다. 우리 모두가 제법 어른 스럽고 성숙한 존재가 되었기 때문일 수도 있겠지만, 서로 그렇게까 지 솔직해지지 않을 만큼 현명해졌기 때문이기도 할 것이다. 질투나 시기, 분노 같은 것들을 어느 정도 삭이거나 우회적으로 표현하는 방 법을 알게 되면서, 뾰족하게 가시가 돋친 말을 주고받는 직접적인 싸 움보다는 일종의 '눈치싸움'이 많아졌다. 유치한 언어를 사용하지 않 으면서도 내 자존심을 사수하고, 동시에 은근슬쩍 남을 비난할 수 있 는 스킬을 갖추게 되는 것이 어른의 방식이라는 걸 깨닫는 순간이 오 는 것이다.

한때는 나름대로 싸움에 일가견이 있는 편이었던 것 같다. 찾아서 싸울 것까지는 없지만, 조목조목 논리를 내세우는 말싸움이 가끔은 뭐, 적성에 맞기도 했다. 나의 논리로 상대방의 논리를 누르는 데서 오는 쾌감이 있었다고 할까? 그 반대의 경우에는 물론 몹시 속상하고 자존심이 상했다. 반복하다 보면 무엇이든 실력이 늘기 마련이니 지금쯤은 어느 정도의 단계를 달성했어야 할 것 같지만, 사실 친구와의 싸움은 이미 까마득한 기억이 되었다. 아마 싸움의 레벨도 한참 퇴보했을 것이다.

일단 친구들과 끈기 있게 싸울 필요성 자체가 없어졌다. 같은 공간에서 하루 온종일 부대끼던 학창시절에야 싸우고 나서도 봐야 하고, 그러다 보면 친구를 끌어들이고 싸움의 무리를 형성하게 되기도 하고 그렇지만, 사회에 나와서는 싫으면 안 보면 될 일이다. 먹고살기에도 빠듯한 시간에 싸워가면서 누구를 만난다는 게 얼마나 소모적인 일인가. 보기 싫어도 봐야 하는 사람들이 안 그래도 많은데, 친구라는 울타리 안에서는 서로 스트레스 주지 않는 현명한 관계를 형성해야 한다는 걸 모두들 알게 된다. 물론 친구라고 부를 수 있는 숫자는 손에 꼽을 정도로 줄어들었지만, 그게 아쉽지는 않았다. 마음 맞는 한 사람, 곁에 있는 친구 한두 명의 소중함이 더욱 커졌다.

내 딴에는 나름대로 성숙하게 구축한(!) 인간관계와 그로 인한 내 마음의 평화는 물론 본격적인 연애를 하면서 부서져나갔다. 성숙은 무슨, 유치하기 짝이 없는 말다툼이 몇 걸음에 한 번씩 지뢰 터지듯이 뻥뻥 터지곤 했다. 어떨 땐 왜 싸우고 있는지도 도무지 기억이 안 났다. 누군가를 좋아하게 되면 나에게는 늘 싸울 만한 일이 생겼고, 싸울 만한 일이 아니어도 가시를 세울 때가 많았다. 싸움은 횟수가 많아지고 같은 문제가 반복될수록 더 격해졌다. 멀리까지 와버릴수록 되돌아가기가 어려웠다. 왜 싸웠는지도 모르겠고, 어떻게 화해해야 할지 모를 때도 왕왕 있었다.

반복된 싸움에 지쳐 사랑을 끝낸다고 해서 속이 시원하지도 않았다. 그가 나에게 잘못했던 일이 생각나서 그때 이 말을 했어야 했는데 하고 분을 삭이는 날도 있었고, 내가 왜 먼저 미안하다고 말하지 못했을까, 나의 자존심이 어처구니없어서 스스로가 싫어지는 날도 있었다. 사랑하는 사람과의 싸움에 나는 무척 지쳐 있었다. 연인과의 싸움에는 내가 그를 이긴다고 해서 일말의 쾌감이 있지도 않았고, 나를

부득부득 이기려는 그에 대한 섭섭함만 더 부풀었다.

몇 번의 연애와 헤어짐 이후 급기야 나의 이상형 1순위는 '싸우지 않는 사람'이 됐다. 이게 문법적으로든 인간적으로든 맞는 소리인지는 모르겠지만 어쨌든 그땐 그랬다. 당연히 싸움의 원인은 상대방과 나에게 공평하게 있는 것이었지만, 그런 건 생각하기 싫고 그냥 사랑의 힘으로 어떻게든 해결해주는 사람이 있었으면 좋겠다고 생각했다. 물론 사람은 망각의 동물이라, 그러고도 또 비슷한 연애를 시작한다.

이 모든 것이 다 맛보기에 불과하다는 것은 결혼 준비를 하면서 알았다. 결혼을 위한 결정 과정에서 마음이 안 맞는 것이 아니라, 결혼을 할 남자라고 생각하는 것만으로도 문제가 생겼다. 더 많은 걸 바라게 되고, 조금만 서운한 마음이 들어도 그 마음은 순식간에 풍선처럼 커졌다. 평생을 함께할 사람이기 때문에, '이런 점을 내가 참을 수 있을까?' 혹은 '정말 나를 사랑하긴 하는 걸까?' 하는 마음이 불쑥불쑥 돌부리처럼 튀어나와 내 걸음을 넘어뜨릴 뻔하기도 했다.

연인 관계는 서로에게 너무나 밀접하고 많은 부분을 공유하고 있기 때문에, 나의 가장 유치하고 약한 부분까지 보여주고 있어 좀처럼 성숙해지기가 어렵다. 싸움이라는 유치한 해결법은 한참 전에 졸업했다고 생각했는데, 어른이 되어서도 연인과는 또 그걸 반복하게 된다. 싸울 때는 연인인지 앙숙인지도 헷갈릴 때가 있다. 물론 싸움조차 하지 않는 무관심한 사이보다는 사정이 나은지도 모른다. 애정이 있으니 기대하고 확인하고, 서로에게 요청하고 안달하는 과정을 계속하는 것일 테다.

못 잡아먹어 안달인 앙숙 관계의 대명사, 톰과 제리는 그렇게 서로 괴롭히면서도 이사도 안 가고 붙어 있는데, 어쨌든 이들도 떼려야 뗄 수 없는 콤비인 것만은 분명하다. 싸우려고 만나는 건지 만나니까 싸우는 건지 모르겠는데, 어찌 보면 이 관계를 조금 즐기는 것도 같다. 하기야, 당하는 톰은 어떨지 모르지만 도망치면서도 여유 있게 트릭을 마련하는 제리는 확실히 좀 재미있어 보인다.

캐릭터만 보자면 약자인 제리의 편을 들어주고 싶지만 사실 불쌍한 것은 톰이다. 어릴 때는 몰랐는데 지금 보면 가끔 좀 심하다 싶을 정도로 부딪치고 넘어지고…… 아무튼 참 안됐다. 그렇게 당하고도 제리를 또 따라다니는(?) 걸 보면, 잡고야 말겠다는 엄청난 근성이거나 아니면 자신의 한계를 모르는 바보, 어리바리 고양이다.

톰과 제리의 관계를 굳이 한 마디로 정의하자면 물론 생태계적 천적이지만, 그보다는 약간의 애증이라고 해야 할 것 같다. 실컷 뛰어놀고 괴롭히고 당하는 것으로 하루 온종일을 보내다가, 다음 날이 되면 또 여느 때처럼 잡고 잡히는 술래잡기를 이어간다. 이것도 합이 맞아야 가능한 일이니, 제리에게 어리바리한 고양이 톰은 앙숙이라기보다 최고의 파트너일지도 모르겠다. 톰의 근성과 제리의 장난기가 케미의 불꽃을 터트려주는데, 항간에는 톰이 일부러 봐주는 것이라는 의견도 있는 듯하다. 이쯤에서 그만 싸우고, 치즈 한 조각 나눠 먹으면서 평화 협정을 맺어보는 것은 무리한 일일까?

싸움의 꽃(?), 싸움의 정점은 바로 화해의 타이밍이다. 부루퉁한 나의 기분을 풀어주기 위해서, 내 애인은 혼자 홱 돌아서서 집에 가버리는 나에게 꽃 한 송이씩을 사다 주곤 했다. 물론 그의 센스가 아니라 언젠가 내가 직접 '삐친 여자 친구 풀어주는 매뉴얼'을 제공한 덕분인데, 마음에 몇 개의 생채기가 난 다음에도 먼저 사과해주는 마음 때문에 슬금슬금 화해를 하게 되곤 했다. 나를 위해 꽃을 사러 꽃집에 가고 그것을 손에 쥐고 나를 만나러 오는 그 일련의 과정이 꾸밈

없이 전해져서 아무리 마음이 상했어도 어쩔 수 없이 기뻐진다. 서로의 기분을 차근차근 이야기하고, 상대방이 그렇게 행동한 이유에 대해서 이해하려고 노력하고, 다음에는 조금 더 상대방의 기분을 헤아리려고 다짐하며 비로소 화해를 한다. 화해의 대화는 늘 건너뛰는 것 없이 정석을 따르는 것이 좋다. 그리고 얼마 후에는 물론, 또 아무것도 아닌 일로 다툴지 모르겠지만.

해피엔딩일 듯하다가도 끝나지 않는 싸움을 어느 정도 받아들이고 가능한 조금씩 더 현명한 방향으로 풀어가기 위해서 노력하는 것이 결국은 이 연애에 대처하는 자세인 것 같다. 톰과 제리의 끝없는 질주가 우정 비슷한 것을 도출해내는 것처럼, 우리도 손톱만큼씩이라도 더 돈독해지리라는 기대를 해보면서.

헤어진 연인을
다시 만날 수 있다면

헤어진 연인이 다시 만나는 드라마나 영화를 여러 번 보는 동안에 나는 비로소 깨달았다. 끝난 사랑을 붙잡아 다시 관계를 시작하는 건, 그들이 운명적이거나 특별해서가 아니라 그저 남들보다 조금 긴 마무리를 하고 있는 많은 연애 중 하나일 뿐이라는 것을. 많은 연인들이 놀랍도록 나와 똑같은 경험을 거쳐 두 번째 이별을 덤덤하게 받아들이게 된다는 것을.

❀

'운명'이라는 단어는 어쩌면 이렇게 달콤할까? 이제 갓 사랑의 실루엣을 발견한 스무 살 남짓한 나이에는 운명이라는 게 바로 이 순간을 위해 존재한 단어처럼 느껴졌다. 그와 내가 만나기 위해 온 우주가 힘을 보태준 것이 분명했다. 나는 스스로 제법 이성적인 사람이라고 생각하는데, 당시에는 '그 거창한 힘이 나를 위해 기꺼이 작동했을 리 없다'라는 판단은 전혀 들지 않았다. 세상이 나를 중심으로 좀 돌아가면 어떠한가? 나는 운명이 흘려준 사랑에 충실하면 그만이었다.

사랑이 뜨거웠던 만큼 이별을 받아들이는 과정은 길고 지루했다. 나의 연애는 결코 꺼지지 않을 것 같았고, 뭔가 특별할 것 같다는 믿음은 그만큼 견고했다. 하지만 헤어짐이 필요한 순간은 왔다. 혼자일 때보다 더 행복해지기 위해서 그를 만났는데 그가 있어서 나는 오히려 빛을 잃어갔다. 가끔씩 그와 나 사이에 뾰족뾰족 가시가 설 때면 나는 오히려 한없이 혼자였다. 이럴 바에야 애초에 혼자인 편이 좋았다고, 수많은 밤이 지나가는 것을 또렷이 지켜보며 여러 번 생각했다. 우리는 분명 연애의 끝을 향해 달려가고 있었다.

우리는 어쩌면 처음부터 다른 길에 서 있었던 건 아닐까. 그 거리의 폭이 조금 좁아졌다고 해서 손을 잡고 같은 길을 걷고 있다고 착각하고 있었던 건 아닐까. 내가 사랑에 빠져 미처 보지 못했던 어딘가의 이면에, 내가 도저히 용납할 수 없는 부분이 굳은살처럼 배겨 있는

것은 아닐까. 그렇게 의구심이 머리를 내미는 사이에 우리는 각자 혼자로 돌아가고 있었다. 그 마무리가 짧지 않았기에 사랑이 끝나는 지점을 나는 고통스럽게 쭉 지켜보았다. 아직 우리 사이에 희망이 남아 있는지, 아니면 이미 돌이킬 수 없는 잔해인지, 그것을 알아볼 수 있는 지표는 뭘까? 불씨가 남아 있는 사랑의 조각, 혹은 이 사랑이 나를 불행하게 만들었다는 분명한 증거, 둘 중 하나를 찾으려고 애쓰는 동안 이별의 순간이 먼저 왔다. 내가 찬 걸까, 차인 걸까? 그것도 분명치 않은 와중에 우리 두 사람은 이별에 묵묵히 동의했다.

영화 〈고양이 장례식〉은 평범한 연인이 동거를 하다가 이별을 하고, 당시 함께 키웠던 고양이의 죽음 때문에 다시 만나 고양이를 묻어주기 위해 같이 하루를 여행하는 이야기다. 가난한 뮤지션 동훈은 둘이 함께 키웠던 고양이 구름이를 이별 후에 혼자서 키우다가, 고양이가 죽자 여자 친구였던 재희에게 연락을 해 소식을 전한다. 그리고 두 사람은 함께 사귈 때 여행을 갔던 섬으로 다시 가서 고양이를 묻어주기로 한다. 같은 장소지만 전혀 달라진 마음을 안은 채.

두 사람은 왜 헤어졌던가, 각자 과거를 회상하지만 이 이별에 분명한 원인 제공자는 없다. 동훈은 재희가 잘나가는 선배의 차에서 내리는 모습을 보고도 아무것도 묻지 않는다. 재희는 동훈을 위해 선배에게 콘서트 티켓을 받아왔지만 그것을 보고도 그가 기뻐하지 않고 도리어 화를 내는 모습을 보고 실망한다. 서로의 진심을 말하면 곧 풀릴 오해가 깊어진다. 많은 연인들의 싸움이 그렇게 시작되듯이.

〈고양이 장례식〉이라는 제목처럼 고양이는 회상에서만 종종 등장할 뿐 초점이 그다지 깊숙하게 맞춰져 있지는 않다. 하지만 두 사람이 동물을 함께 키운다는 것은 특별하고 오묘한 경험이었을 것이다. 서로에게 실망하고 관계가 시들어가는 중에도, 구름이가 아프면 둘이서 한밤중에 동물병원으로 달려가 구름이가 무사하기를 같은 마음으로 기원한다. 그 마음을 겪어봤기에 동훈은 헤어진 이후에도 구름이가 죽었다는 소식을 재희에게 알려야 한다고 생각했을 것이다. 구름이는 아직도 두 사람이 공유하고 있는 지점이기 때문에.

🐾

나는 헤어진 연인을 2년쯤 지난 후에 다시 만난 적이 있었다. 지금 생각해보면 첫 번째 이별을 완전하게 납득하지 못했던 것 같다. 헤어질 이유를 온전히 찾지 못했고, 무엇보다 큰 이유는 그렇게까지 집중할 수 있는 상대를 그 이전에도 이후에도 만나지 못했기 때문이었다. 상대가 완벽한 사람이어서는 아니었다. 그 사랑에 몰두해서 울고 웃을 수 있었던 그때의 내가 특별했다. 고통스럽게 지나간 밤들조차 사랑 때문이었기에 아름다운 시간이었다.

우리가 이전에 왜 헤어졌더라, 그런 건 기억나지 않고 나의 서툴고 뜨거운 청춘이 그 자리에 남아 있었다. 물론 지금 생각하면 한숨이 난다. 몇 번의 사랑이 지난 지금은 결코 그렇게까지 무모한 사랑은 하고 싶지 않다. 내가 사랑하는 만큼 사랑받고, 현실을 함께할 수 있는 성숙한 사랑이 조금 미지근할지라도 더 좋다.

결국 두 번째 만남은 이렇다 할 감정도 피어오르지 못한 채 애매하게 끝났다. 우리가 그때 왜 헤어졌는지 나는 차근차근 기억해냈다. 실망하고 상처받은 지긋지긋한 시간이 비로소 떠올랐다. 기억 속의 찬란한 시간은 거기에 머물 때 아름답다는 것을 꼭 겪어봐야 깨닫게 된다. 헤어진 연인을 다시 만나는 것이 내게는 좋은 경험은 아니었지만, 친구들이 비슷한 상황에 대해 상담하면 나는 말리지 않는다. 겪

지 않으면 자꾸만 돌아보게 된다. 아직 남아 있는 것이 있다면 털어
내는 것이 낫다. 우리는 아직 젊고, 사랑에 빠지고 아파하고 다시 회
복할 시간은 충분하니까.

동훈과 재희는 구름이를 묻어주고 돌아오며 몇 번이나 머뭇거린다.
저기, 잠깐만, 그렇게 부르는 말 뒤에 금방이라도 '우리 다음에 같이
밥이라도 먹을래?' 같은 말이 나올 것 같아 묘한 긴장감이 흐른다.
하지만 둘 중 누구도 그 말을 꺼내지 않는다. 그들이 공유했던 시간
에 마지막으로 남았던 구름이를 묻어주는 것으로 두 사람의 사랑은
비로소 종결된 것 같다. 어쩌면 그래서 〈고양이 장례식〉은 영화 같다
기보다 나의 스무 살 일기장 같았다.

다만 고양이를 키우는 집사로서, 고양이의 죽음을 다루는 동안 제대
로 슬퍼하는 장면이 없다는 것이 상당히 낯설고 동떨어지게 느껴졌
다. 고양이를 병원에 데려갈 때 이동장을 쓰지 않는다든가, 캣타워에
서 평범하게 놀고 있는 고양이에게 '왜 이렇게 사고를 쳐!' 하고 화를
낸다든가 하는 깨알 같은 디테일이 부족한 점도 아쉬웠다. 하지만 오
히려 고양이의 죽음에 감정 몰입을 하지 않는 것은, 그들의 사랑이
완전히 끝났다는 증거인지도 모르겠다.

상처받지 않고
사랑하는 법

굽이 높은 구두를 신고 택시에서 내려 고급 보석점인 티파니 매장 앞
에서 우아하게 빵을 베어 무는 오드리 헵번의 모습은 영화 〈티파니
에서 아침을〉에서도 가장 유명한 장면일 것이다. 그녀가 뿜어내는
압도적인 매력은 그 첫 장면만으로도 보는 이들을 매료시킨다. 하지
만 막상 그녀의 삶은 자신이 동경하는 '티파니' 주변을 맴돌고 있을
뿐이다. 그녀는 언젠가 티파니 매장과 같은 우아하고 아름다운 집에
서 살게 될 날이 오기를 고대하고 있다. 마치 안락한 이불 안에 파고
들어 몸을 말고 잠들고 싶은 꿈을 꾸는 길고양이처럼.

코가 빨개질 정도로 추웠던 어느 겨울날이 지금도 기억난다. 어딘가 외출하고 돌아오는 길에, 평소처럼 버스를 타려다가 거리가 애매해서 그냥 옆 동네를 가로질러 걷고 있었다. 근처에 전부 높은 건물이 모여 있는 사무실 단지였는데, 편의점 옆에 작은 실루엣이 움직이기에 가까이 가 보니 길고양이였다. 겨울이었고 유난히 추운 날이라 안쓰러운 마음에 고양이 앞으로 다가가 쭈그려 앉아 잠시 그 아이를 쳐다보았다. 그런데 미처 막을 틈도 없이 고양이가 내 무릎 위로 더럭 올라와 안기는 것이었다. 생판 처음 보는 내 품에 파고들어 내 체온에 기대어 웅크린 그 고양이를 나는 잠시 물끄러미 보며 쓰다듬어주었다. 그리고 오래 망설이다가, 다시 내려놓고 집으로 돌아왔다. 그 고양이의 삶에 개입할 수 없어 미안했지만 어쩔 수 없었다. 하지만 내 품에 안겼던 그 고양이의 체온을 나는 오랫동안 떠올렸다.

나 역시 길에서 살던 고양이들을 입양했다. 길에서 살아가며 각기 사연 없는 아이들이 있을까. 하지만 그중 한 마리, 한 마리를 가족으로 맞이하고 이름을 붙여주는 순간 그 고양이들이 살아온 삶과 앞으로의 시간은 나에게 특별하고 중요한 것이 된다. 거기에는 애정과 책임이 따라붙는다. 사랑이 커지는 만큼 그 끄트머리에 따라붙는 불안이 커질 때도 있다. 내 고양이가 아팠을 때에는 아무 일도 손에 잡히지 않을 정도로 일상이 무너지기도 했다. 마음을 쓰는 일이라는 것이 그렇다. 누굴 가족으로 맞이하고 사랑하기 시작하는 것은 내 삶의 일부를 거는 과감한 결정이 아닐 수 없다.

길고양이로서는 어느 편이 행복할까? 길에서 자유롭게 살아가는 것이 좋을까? 고양이의 마음을 정확하게 알 수는 없지만, 현실적으로는 고양이의 상황마다 다르다고 봐야 한다. 물론 길 위의 삶은 위험하고 척박하다. 길에서 사는 것은 자유로울지도 모르지만, 대신 당장 내일의 삶을 장담할 수 없다. 일반적으로 고양이의 수명이 10년이 넘는 데 비해 길고양이들은 평균 2, 3년밖에 살지 못한다. 다만 모든 고양이를 집에서 키우는 것이 해답은 아니다. 개중에는 집에서 키우다 버려지거나 어딘가 몸이 아파서 사람의 손길이 필요한 경우도 있고, 길에서 태어나 그대로 살아가도록 도와주는 게 나은 경우도 있다. 장기적으로는 길고양이들이 살아갈 만한 환경을 조금 더 만들고, 공존을 꿈꾸어야 할 것이다.

〈티파니에서 아침을〉에서 오드리 헵번이 연기한 홀리는 아직 이름이 붙지 않은 길고양이 같은 삶을 살고 있다. 그녀는 시골에서 살다가 혼자 맨해튼으로 와서, 상류 사회로 진입하길 꿈꾸며 남자들을 만나고 돈을 받아 살아간다. 언젠가 훌륭한 집을 살 수 있을 만큼의 돈을 모으고, 군대에 있는 동생을 불러 함께 살게 될 날이 올 때까지 그녀의 삶은 이름 없이 보류되어 있다. 그냥 'Cat'이라고 불리는 그녀의 고양이처럼.

길에서 데려온 고양이에게 이름도 붙여주지 않고 함께 살고 있는 홀리는 자신이 이름을 붙여줄 자격이 없다고 말한다. 그녀 스스로가 아직 자신이 '아무도 아니라고' 생각하는 탓일 것이다. 스스로를 돌보지도 못하는 그녀는 다른 존재를 돌볼 수가 없다. 그래서 홀리도, 홀리의 고양이도 아직은 어디에도 속해 있지 않다. 그건 자유로운 동시에 때로는 외로워 보인다.

그녀는 어느 날 이웃집에 이사 온 가난한 남자 폴을 만난다. 폴은 그녀와 마찬가지로 돈 많은 유부녀의 애인으로 원조를 받아 살고 있었기에, 그녀와 묘한 동질감을 느낀다. 그리고 점차 홀리를 사랑하게 되지만, 그는 돈이 없어서 그녀를 구원할 수가 없다. 홀리는 상류층 신사를 만나 결혼해서 신분 상승을 해야 한다. 그녀는 자신의 삶에

이름을 붙이는 방법을 그것밖에는 알지 못한다. 냉정하게 현실을 택하는 그녀를 비난할 수는 없다. 도리어 그 모습은 살아남기 위해 애쓰는 작고 가엾은 동물처럼 보인다. 귀엽고 사랑스러운 것 말고는, 가지고 있는 무기가 없다.

하지만 홀리는 만나왔던 남자 중 한 명의 마약 혐의에 휘말리는 바람에 브라질 신사와의 결혼이 좌절된다. 폴이 그녀의 곁에 남아 있지만, 홀리는 정작 사랑하는 남자를 선택할 수가 없다. 여기에서 그녀의 이중적인 갈등이 드러난다. 막상 한 사람을 사랑하기로 결정하는 것이 그녀의 삶을 속박하고 가둘 것이라는 두려움을 느끼는 것이다.

가볍게 팔랑거리며 자유롭게 남자들을 만나온 홀리지만, 정작 진심 앞에서는 상처받기 쉬운 고양이처럼 몸을 웅크린다. 영화에서는 정확히 무슨 일이 있었는지 친절히 알려주지 않지만, 아마 홀리의 과거에는 결혼과 얽힌 관계에 의한 상처나 실패가 있었으리라 추측할 수 있다. 그녀는 진심을 꺼내놓는 순간 사랑 앞에서 한없이 약해지는 것을 경계했을지도 모르겠다. 마음을 쓰는 일은 익명일 수 없다. 이름 붙이지 않고 보류한 삶 뒤에 더 이상 숨을 수 없게 된다.

그녀가 정말 원하는 삶은 무엇일까? 길고양이처럼 자유롭고 위태롭게 살고 싶은 걸까, 아니면 누군가의 고양이가 되어 속박되고 안전한 삶을 보내고 싶은 걸까.

그녀는 끝내 브라질 남자와의 결혼에 미련을 버리지 못했던 자기 스스로를 부정하듯, 택시를 타고 가다가 자신의 고양이를 길 위로 내보낸다. 속박되지 말고 자유롭게 살라고 말하며. 그것은 자신을 부정하는 것 같기도, 혹은 상징하는 것 같기도 하다. 그러자 폴은 사랑을 선택할 용기가 없는 그녀가 스스로를 틀에 가두고 있다고 지적하며 화를 낸다. 혼자 택시에 남아 머뭇거리던 그녀는 결국 빗속으로 뛰어들어 고양이를 찾아 끌어안는다. 마침내, 그녀는 선택한 것이다.

〈티파니에서 아침을〉은 1961년에 개봉한 영화지만, 오드리 헵번은 지금 봐도 전혀 촌스럽지 않고 매력적이다. 그 자그마한 몸으로 또각또각 걷는 모습은 사랑스러울 뿐만 아니라, 곁으로 가서 소곤소곤 이야기를 나누고 그러다 한 번쯤 꼭 안아주고 싶은 마음이 들게 한다.

길고양이들이 우연이든 묘연이든 가족을 만나면 '묘생역전'이라고, 혹은 '묘생 2막'이 시작되는 것이라고들 한다. 여태 미루고 보류되어 있던 홀리의 삶도 이제 제대로 2막이 시작될 것 같다. 그녀도 비로소 쉴 곳을 찾았으리라. 현실이기에 마냥 행복하지는 않아도, 때로는 귀찮고 괴롭고 지루해도, 온전히 살아 있다는 느낌을 받는 삶이라면 아마 나쁘지 않을 것이다.

이 영화의 제목은 〈티파니에서 아침을〉이지만, 결국 티파니에 있는 것 중 그녀가 가질 수 있었던 건, 과자에서 나온 장난감에 티파니에서 글씨를 새겨준 반지뿐이다. 그 반지를 손가락에 살며시 끼운 홀리는 자신이 꿈꾸던 티파니 같은 삶에 잠시 겹쳐졌을지도 모르겠다.

이제 그녀의 이름 없는 길고양이 'Cat'에게도 이름이 생겼을까?

반복되는 일상이란 무의미한 걸까. 4년 동안 동거해온 연인과의 일상이 지루할 만큼 굴곡 없이 평평하다는 건 무가치한 일일까. 어릴 때 그려보았던 활기찬 미래와 달리, 실제로 살아가며 내딛는 미래가 언제나 희망차지는 않다는 것을 우리는 이제 안다. 어떤 미래는 어떤 고양이처럼, 끝없는 기다림만이 영원하다.

🐾

싸움이 전혀 없는 연인은 아마 드물 것이다. 날을 세워 서로의 마음을 찌르는 싸움은 점차 양쪽 모두를 지치게 만든다. 시간도 장소도 다른 두 갈래의 각자 길에서 출발한 이들이 손을 잡고 함께 걸어갈 수 있을 만큼 거리의 폭을 좁혀가는 일은 별수 없이 고단하다. 네가 더 가까이 올 것인지, 내가 더 가까이 갈 것인지 부딪치고 조율하는 과정은 함께 살아가기 위해서 결국 필연적으로 거쳐야 하는 다툼인지도 모른다.

하지만 그 모든 과정을 인내심 있게 견디고, 상처가 아로새겨지거나 혹은 아무는 과정을 함께해나가는 것이 또 연인의 역할이기도 할 것이다. 싸우는 연인에게는 아직 서로에 대한 기대와 희망이 남아 있는 것이다. 차라리 격렬하게, 감정을 폭발시켜서라도, 진심을 말하면서 다투어야만 하는 순간에 자신의 상처받은 마음을 제대로 전하지 못하면 어떤 마음은 그대로 기대를 접고 잠잠해지며 눈치채지 못한 새 시들어버리고 만다.

영화 〈미래는 고양이처럼〉의 이 오래된 연인은 짙은 권태를 의식하고, 이 사랑이 여기서 뚝 끊어져 버리지 않도록 다소 노력하려는 듯했으나 어긋난 방향으로 틀어지는 타이밍을 끝내 알아채지 못했다.

권태로운 이 4년차의 연인이 삶의 변화를 위해 선택한 것은 바로 아픈 고양이를 입양하는 일이었다. 그들은 유기동물 보호소에서 수명

이 6개월 정도밖에 남지 않은 고양이를 입양하기로 결정한다. 그 결정이 조금 의아하지만, 잘 들여다보면 그들은 애초에 딱 6개월의 무게만큼만 책임을 감당할 요량이었던 것이다. 그래서, 보호소 직원이 "잘 돌보면 5년까지도 더 살 수 있을 거예요"라고 조언했을 때 그들이 느낀 감정은 오히려 당혹감이었다.

6개월만 살 수 있는 병든 고양이를 입양할 때 그들이 원한 것은 무엇이었을까. 애초에 생각했던 6개월만큼의 책임감과 소소한 변화의 무게가 갑자기 5년까지 늘어날지도 모른다는 사실을 알았을 때, 그들이 느끼는 한 고양이의 묵직한 존재감을 화면 밖의 우리들 역시 느낄 수 있다.

이 영화에서 고양이는 사랑과 애정을 쏟는 대상이라기보다는, 두 사람에게 책임감을 부여하는 존재로서 등장한다. 사람의 손길로 돌봐야 하며, 입양하겠다는 약속을 지켜야 하는 부담스러운 대상이라는 느낌마저 든다. 하지만 반려동물을 키우는 것이 자신들의 5년 여의 자유를 포기하는 것이기도 하리라는 사실을 이들은 결국 받아들이기

로 결정한다. 아픈 고양이를 기꺼이 잘 돌봐서 수명을 5년까지 늘려
줄 각오도 되어 있다.

하지만 보호소에서 그날 바로 고양이를 데려오는 것은 아니고, 고양
이를 입양하기까지는 아직 한 달의 시간이 남았다. 두 사람은 커다란
결정에 대한 묵직한 무게감을 잠시 털어내며, 한 달 동안 최대한의
자유를 누리기 위해 직장도 그만두고 인터넷도 끊어버린다. 어쩌면
이 오래된 커플에게 진짜 필요했던 것은 고양이가 아니라 바로 이 순
간이 아니었을까? 변화를 시도할 수 있는 계기가 되어주는 어떤 타
이밍. 이들의 미래는 이제 백지 상태다. 무엇이든 할 수 있는 가능성
을 바탕색으로 칠해둔 상태. 새하얀 미래를 맞이하는 일은 생각보다
간단한 것 같기도 하고, 조금은 어려운 일인 것 같기도 하다. 하지만
일단 저지르고 나니 홀가분하다. 이들은 고양이를 맞이할 날을 기다
리는 한 달 동안 무슨 일이라도 할 수 있을 것 같은 기분에 젖는다.

최대 5년을 살 수 있는 병든 고양이를 입양하기로 결심한 순간 그들
의 권태는 분명 끝났다. 어둡고 우울한 색채로 보이던 화면에 갑자기
비눗방울처럼 퐁퐁 활기가 스민다. 이 권태의 끝은 마치 가능성으로
넘쳐나는 청춘영화처럼 보이기도 한다.

그리고 이 연인에게 큰 의미가 있는 이 시점은, 유기동물 센터의 고양이에게도 더할 나위 없이 중요한 순간이다. 이제 이 고양이의 시간에도 의미가 생겼다. 앞다리 한쪽에 붕대를 감고 있는 이 고양이는 이제부터 그들을 기다리기 시작한다. 30일이라는 시간이 얼마나 긴지 모르겠지만, 내일이나 모레보다는 훨씬 더 긴 시간이리라는 것만 막연히 알 수 있다. 분명한 건, 이 고양이에게 '포포'라는 이름이 생겼으며 언젠가는 그들이 고양이를 데리러 오리라는 점이다. 이름이 생겼다는 것은, 누군가에게 특별한 존재가 되었다는 뜻이 틀림없으니까.

그동안 남자는 충동적으로 환경운동가가 되어 나무를 판매한다. 안무 선생님이었던 여자는 매일 춤을 춰서 매일 하나씩, 총 30개의 동영상을 유튜브에 올리기로 결심한다. 하지만 하고 싶은 일을 마주하는 것도 어쩐지 쉽지만은 않다.

남자는 어느덧 내가 뭘 하고 있는지 모르게 되면서도 관성처럼 비슷한 나날을 이어가고, 스스로를 어찌할 바 모르던 여자는 고양이 입양 센터에서 산 그림의 뒷면에 적힌 전화번호로 전화를 건다. 그녀는 그저 대화하고 싶을 뿐이다. 구름 얘기든, 당신의 이야기든 상관없이.

어째서 그녀는 무작정 외로워진 걸까? 새로운 생활을 당차게 시작하자마자 보이는 그녀의 어떠한 결핍은, 그녀의 오래된 남자 친구와 해결할 수 있는 종류의 것이 아니었던 걸까? 이 우연한 전화통화는 순식간에 그녀의 외도로 이어진다.

외로움인지 두려움인지 알 수 없는 채로 여자가 보낸 작은 신호를 남자는 무심하게 지나치고, 둘의 아무렇지 않던 일상은 전혀 예기치 못한 방향으로 급선회하고 만다. 어쩌면 고양이를 입양하기로 결심한 순간부터 이미 이들의 미래는 이미 요동치기 시작했던 것이다. 감정을 쏟고 추스르고 서로를 찌르고 어루만지는 동안, 변화의 계기였던 고양이는 그들의 일상 어디쯤에 머무르고 있었을까.

고양이를 입양하기로 한 연인에게 생긴 일을 아무것도 모르는 고양이는 기다린다. 고양이는 사람의 시간을 세는 법을 배운다. 일 초, 이초……. 자신에게 이름을 붙여준 이들이 지금 무엇을 하고 있는지는 모른다. 하지만 기다림을 이어가는 것은 어렵지 않다. 이 기다림은 끝이 있을 것이므로, 자신을 만나러 오지 않아도 이미 자신은 이들의 고양이, 이들의 포포가 되었으므로.

유기동물 보호센터의 고양이, 그것도 수명이 5개월밖에 남지 않은 병든 고양이가 등장하는 것만으로도 영화 분위기는 다소 어두운 듯한데, 끝내 끝나지 않은 기다림 탓에 마음이 지끈거리고 만다. 더 이상 연인이 아니게 된 두 사람에게 고양이로 약속한 새 시작은 이제 의미가 없어졌다. 그들은 제 날짜에 고양이를 데리러 가지 못했다. 약속한 날짜가 지나면 유기동물은 안락사를 맞이하게 된다.

하루도 같이 살지 않았지만 포포는 30일 동안 그들의 고양이였는데, 기다림의 시간이 끝나고 나니 더 이상은 '포포도 아니고, 고양이도 아니며, 그 무엇도 아니게' 되어버리고 말았다. 단 하루도 함께 산 적 없는 그 고양이는 정말 그들의 고양이였을까? 이제 다시는 '바깥에서 잠을 잘 일이 없으리라'는 고양이의 예감은 맞아떨어졌지만, 그것이 반려동물로서의 삶을 시작한다는 의미는 아니게 되었다.

그냥 안락사 당할 수도 있었던 고양이에게 30일 동안 주어졌던 희망과, 정지하고 침체되어가고 있었던 연인의 새로운 결심과 변화의 시작은 겹쳐져 보인다. 그러나 이 지점은 기어코 밝은 미래를 기약해주지 않았다. 이 영화의 원제는 〈The Future〉인데 한국에서는 〈미래는 고양이처럼〉이라고 소개되었다. 미래는 고양이처럼 기다림에 지치고, 생각처럼 잘되지 않으며, 때로는 소중한 것이 어느 찰나에 그대로 끝장나기도 한다.

이들에게 고양이를 입양하기 전까지의 30일은 자유를 만끽하고 새롭게 시작하기로 다짐한 시간이기도 했으나 동시에 그들 인생에서 커다란 전환기를 맞는 시간이 되었다. 그 사이에 사소하게 스친 관계들이 모든 것을 바꿔놓았다. 우연히 만난 남자가 하루 만에 나에게 가장 중요한 사람이 되기도 하고, 누군가 이름을 붙여준 것만으로도 하나의 존재가 당신의 고양이가 되기도 했다.

끝내 고양이를 데리러 오지 못한 헤어진 연인은 이제 깨달았을 것이다. 달에게 빌어도 시간은 돌이킬 수 없다. 포포에게 그랬듯, 그들은 서로를 구원하지 못했다. 다만 이름 없는 '유기동물 센터의 한 병든 고양이'로 죽을 수도 있었던 포포에게 그들이 하나의 세계를 부여한 것만은 분명하다. 그렇다면 끝없이 늘어진 기다림과 한없이 소모된 희망에도 불구하고, 포포는 결국 그들의 고양이였을까.

우리
헤어질 수 있을까?

어릴 때는 내가 진심으로 사랑했던 사람과 헤어지면 그가 행복해지지 않았으면 좋겠다고 생각했다. 하지만 몇 번의 이별을 겪고 조금 더 어른이 되고 나니, 함께한 시간이 진심이었다면 헤어진 뒤에도 그 시간이 엉망으로 기억되지는 않는 편이 좋을 것 같았다. 함께한 시간이 끝났다고 해서 지나간 시간이 퇴색되는 건 아니니까, 그건 그것대로 소중히 간직하며 새로운 사랑을 시작해도 되지 않을까, 하고 생각한 것이다. 살면서 이별의 순간은 반드시 몇 번쯤 온다. 어떤 이별은 몹시 괴롭겠지만, 꽃처럼 행복한 날들도 틀림없이 있었다는 반증이리라. 그래서 아마 나는 또 누구를 사랑하게 될 것 같다.

나는 지금 고양이 두 마리를 키우고 있지만, 그보다 훨씬 전 열다섯 살 때부터 강아지를 키웠다. 13년쯤 지난 어느 날, 강아지의 한쪽 눈에 희미한 막 같은 것이 덮인 걸 발견했다. 갑자기, 예고도 없이 말이다. 잘못 본 줄 알고 다음 날 또 확인하고 가족들에게도 보여주며 물어봤는데 정말이었다. 내 강아지가 나이를 먹고 있었던 것이다.

그 강아지는 어릴 때부터 별로 애교나 붙임성이 없었다. 겨울에는 추운지 사람 옆에 몸을 붙이고 누웠다가도 좀 뒤척인다 싶으면 그냥 제집으로 휙 가버리는 성격이었다. 그래도 내가 가끔 집을 오랫동안 비웠다 돌아오면 평소보다 두세 배는 더 격하게 반겨주곤 했다. 십 년을 넘게 같이 살았으니 눈치가 거의 사람 수준이라, 무슨 말을 하면 다 알아듣는 게 분명했다. 동네에 잠시 외출하는 눈치면 꼭 같이 나가자고 졸랐지만, 나이가 많아 체력이 영 시시해진 탓에 별로 오래 걷지도 못했다. 중간에 힘이 드는지 안아달라고 신호를 보내면 내 부족한 체력을 보태 품에 안아 데려와야 하는 게 참 웃기고 귀여웠다.

평소에도 그리 까부는 성격이 아니라서 그런지, 나이를 먹으며 기력이 예전 같지 않은 듯했지만 그리 심각하게 생각하지 않았다. 요크셔 테리어 종의 자그마한 강아지가 내 눈에는 그저 늘 내가 보살펴주어야 하는 어린 아기 같은 존재였다. 그런데 노령견이라는 걸 내가 자각하기도 전에, 어김없이 내 강아지의 시간은 나보다 훨씬 더 빠르게 흐르고 있었던 것이다. 10년이 넘는 시간 동안 나는 겨우 두어 발자국 내디뎠을 뿐인데, 강아지는 수명의 절반을 훌쩍 넘기고 있었다.

얼마 후 기어이 한쪽 눈의 시력을 잃은 강아지에게 내가 해줄 수 있는 일은 별로 없었다. 그저 이름을 자주 부르고 자주 쓰다듬으며 말을 걸었다. 병원에서는 몇 가지 처방과 함께 당분간 눈을 긁지 않도록 목에 부채꼴 모양의 카라를 씌워놓으라고 했다. 자꾸 부딪치고 불편해 했지만, 그럴 수밖에 없는 과정을 이해해주길 바라며 이것 좀 벗겨달라는 눈빛을 외면할 수밖에 없었다. 하고 싶은 것을 못 하거나 하기 싫은 것을 억지로 참아야 하는 일이 별로 없었던 내 강아지가 이 상황을 납득할 수 있을지가 나의 커다란 걱정거리였다. 시력을 되찾을 수는 없지만 더 이상 아프거나 불편하지는 않게 해주고 싶은데, 그 과정이 강아지에게는 또 불편한 일이 되고 있는 것이다. 그러나 시간의 흐름은 어쩔 수가 없다. 작은 내 울타리 안에서는 강아지를 위해 해결해줄 수 있는 것이 별로 없었다.

늙는다는 것이 뭔지 나는 모른다. 내가 아직 겪어보지 못한 일을 내 강아지가 먼저 겪기 시작하니 나는 어쩔 줄을 몰랐다. 아이가 성인이 되고 독립하여 부모님의 품을 벗어날 때쯤 부모님도 아이들에게서 독립하는 법을 배워야 한다는데, 부모님의 서투름을 나는 다소나마 이해할 것 같았다.

내가 나이 먹는 건 아무렇지도 않은데, 내 강아지의 나이에는 가속도가 붙어 있어 훨씬 더 슬펐다. 내 강아지가 잃은 한쪽 시력에 대해서 어쩌면 그 자신보다 내가 더욱 유난스러울지도 몰랐다. 그 삶의 시간과 속도는 실은 자연스러운 섭리라 너무 슬퍼할 필요가 없다는 것도 머리로는 안다. 나는 웬만하면 매사를 덤덤하게 받아들이려 노력하는 편인데도, 도저히 초연해지기 어려웠다. 기어이 그날이 오면, 나는 내 인생에서 가장 질척질척하고 쿨하지 못한 이별을 하게 될 것이다.

그리고 15살이 되던 해에 나의 늙은 개는 무지개다리를 건넜다. 마음의 준비를 하고 있었지만 충분하지 못했고, 나에게는 온통 후회가 남았다. 나이 먹은 걸 더 빨리 알아채고 더 많은 걸 해줬어야 했다. 더 많은 시간을 함께 보내야 했고, 내 인생의 절반을 함께해줘서 고맙다고 표현했어야 했고……. 헤어진 연인에게 못해줬던 일만 떠올리며 부질없는 미련으로 스스로에게 생채기를 내듯, 내겐 오랫동안 묵직한 아쉬움이 목에 걸려 있었다.

일본 영화 〈너와 나〉는 반려묘와의 만남부터 이별까지를 담담하게 그린 짧은 영화다. 한 시간이 채 안 되는 러닝타임 동안 우연히 길에서 만난 작은 새끼 고양이 '은왕호'와의 만남부터 수명이 다해 무지개다리를 건너는 순간까지가 잔잔하게 이어진다. 그래서 특별한 갈등이나 굴곡 없이, 그저 나와 반려동물의 만남부터 이별의 과정을 고스란히 떠올리게 한다. 10년 넘는 시간을 함께하며 공유한 그 사랑스러운 순간들은 모두 어느 정도씩 닮아 있다.

영화 초반에 나오는 고양이의 어린 시절처럼, 나 역시 나이가 많아져도 여전히 아기 같기만 했던 녀석을 처음 만난 순간이 또렷하게 기억난다. 손바닥 위에 올라갈 정도로 작은 몸집에, 네 다리를 제대로 가누지도 못하고 픽픽 미끄러지곤 하던 모습. 인형 같다는 표현이 모자랄 정도로, 너무 귀여워서 생명체로서의 현실감조차 느껴지지 않았던, 영원히 나이를 먹지 않을 것만 같았던 그때의 모습. 쓰다듬어주려고 하면 고양이처럼 쌩 하고 가버리다가도, 밤늦게까지 컴퓨터 앞에 앉아 타닥타닥 타자를 두드리고 있으면 슬그머니 곁으로 와 몸을 붙이고 잠드는 내 강아지와의 시간들.

그렇게 강아지가 떠나고 나서, 내 곁에는 아직 두어 살밖에 먹지 않은 어린 고양이 두 마리가 남았다. 반려동물이 죽고 나면 또 다른 동물을 키울 수 있을까, 마음을 다했던 하나의 인연이 끝났을 때 또 새로이 마음을 열 수 있을까. 나도 자신이 없었지만 막상 그 순간이 오자 옆에 있는 고양이들이 큰 힘이 됐다. 나는 강아지에게 미안한 마음까지 담아 고양이들에게 매일매일 사랑한다고 소리 내어 알려주었다. 고양이에 대해서 많이 공부하고, 좋은 사료를 고르고, 깃털 낚싯대를 흔들었다. 어쩌면 언젠가 다가올 순간에 덜 후회하기 위해서일 것이다.

사랑을 하고 마음을 주는 일은 행복한 만큼 괴롭다. 좋아하는 대상이 생기면 혼자일 때보다 큰 행복을 느낄 때도 있지만, 압도적인 슬픔이나 고통을 느낄 때도 많아진다. 하지만 다가올 이별의 순간 때문에 당장의 벅찬 행복을 밀어낼 수도 없는 일이다. 지금 곁에 있는 두 고양이도 언젠가 세상을 떠나는 순간이 오리라는 걸 나는 긴 시간을 들여 천천히 받아들여야 할지도 모른다.

헤어지는 순간은 반드시 온다. 하지만 헤어짐은 어차피 미리 준비할 수 없다는 것을 나는 알고 있다. 다만 소중한 순간들을 무심하게 흘려보내지 않도록 자주 눈을 마주 보고 이야기를 건넬 수밖에 없다. 많은 시간이 지나 되돌아보아도 그저 귀하고 소중할 이 순간을.

영화 속 '은왕호'는 마지막에 남자 집사의 품에 안겨 잠들 듯이 떠난다. 어쩔 수 없이 눈물은 흐르지만, 10년을 한결같이 곁에서 지켜주던 그 사랑이 얼마나 충만했는지 우리는 모두 알고 있다.

PART 3

넓은 세상
에서 길을
잃더라도

스무 살
우리는
어땠더라

어른들이 인도해준 반듯한 길을 걸어 10대의 끝에 다다르면 우리는 모두 한 번쯤 당황한다. 또렷하게 놓여 있는 줄 알았던 매끄러운 콘크리트길은 예고도 없이 뚝 끊겨 있다. 아침과 밤이 항상 계획적으로 움직이는 줄 알았는데, 멋대로 줄이거나 늘어뜨려 쓸 수 있는 시간의 자유가 아직 낯설다. 어느 순간 빛과 어둠은 명료히지 않게 일그러지고, 거기에선 시간도 일정하게 흐르지 않는다. 어찌할 바 몰라 그저 머뭇거리다 내일 무엇을 할지도 모르고 잠을 청하던 여러 번의 새벽이 나에게도 있었다. 그 스무 살의 청춘들은 어느 날 길에서 만난 귀여운 고양이를 돌볼 수가 없다. 고양이뿐만 아니라, 자기 스스로를 돌보는 법도 잘 모르기 때문에.

지나고 봐도 학생 때는 참 힘들었다. 자유가 거의 없다는 점이 그랬다. 어른들이 일어나라는 시간에 일어나고, 배워야 한다고 말하는 것들을 배웠다. 그리고 정해진 기준치에 도달하지 못할까 봐 늘 안절부절 나를 점검하고 잠을 줄여야 했다. 그 생활에 거의 유일한 낙이 있다면 다름 아닌 친구들이었을 것이다. 우리는 모두 같은 처지였고 같은 압박과 압력 속에 갇혀 있었다. 나에게 필요한 건 이 길고 긴 통로를 이미 지나간 어른들의 때 지난 조언이 아니라, 나와 마찬가지로 학교가 힘들고 가정이 답답한 친구들의 공감 한마디였다. 고등학생 때는 새벽 6시 반에 일어나 밤 11시까지 야간자율학습을 하고 오는 틀에 짜인 생활임에도 우리는 그 안에 우리만의 또 다른 세계를 구축했다. 그 세계는 나름대로의 방식과 규칙을 가지고 있었고, 아주 작았지만 견고했다.

매일 만나 똑같은 일상을 보내는데 뭐가 그리 할 말이 많았을까? 때로는 시험공부를 한다는 명분으로 밤새 메신저를 켜놓고는 날이 밝을 때까지 수다만 떠는 날들도 있었다. 똑같은 교복을 입혀놔도 우리가 다 다른 사람이라는 것을 우리는 서로 알고 있었다. 서로의 가치

관은 달랐지만 그게 서로를 이해하는 데 걸림돌이 되지는 않았다. 서로를 이해할 준비가 충분히 되어 있기 때문이고, 또 그럴 수 있는 넘치는 재료와 근거를 나누고 있었기 때문이다. 대학생이 되어서도 비슷했다. 모든 생각과 감각을 공유하고 있는 우리는, 누군가 우리 중 한 명을 공격하면 그 입장을 하나부터 열까지 낱낱이 해명하고 도리어 친구 입장에서 느낄 법한 상대방의 잘못을 지적할 수도 있었다.

그래서 대학을 졸업한다 해도 우리의 끈끈한 관계에 변화가 생기리라는 짐작은 해보지 않았다. 우리는 한동안 주기적으로, 꾸준히 만났고 그때마다 하고 싶은 이야기는 산더미처럼 쌓여 있었다. 그러다 각자의 스케줄 덕에 한두 번씩 만남이 미뤄지고, 모임의 주기가 길어지면 '지난번에 어디까지 이야기했더라?' 싶게 일상의 공유가 끊기는 간격이 생겼다. 이미 두세 달 전에 일어났던 일과 그때의 내 감정에 대해 이야기하고 위로받는 건 조금 새삼스러운 것이 됐다. 그러다 보니 언제부턴가 우리의 만남은 훑듯이 지나가는 근황 토크가 되고, 그렇게 서로의 삶이 흘러가는 방향을 멀뚱멀뚱 바라보며 때로는 머리 위에 물음표를 그리는 일도 생겼다. 우리는 본격적으로 다른 세계에 소속되어가는 것이다. 어떨 땐 이해할 수 없는 방향으로 나아가는 친구들의 삶을 지켜보는 날들도 있었다.

그 변화를 친구들도 모두 느끼고 있었을까? 그리고 다들 어떻게 받아들이고 있을까? 사실 이 모든 건 나만의 생각일지도 모른다. 누군가에게는 예전과 다름없이 친밀한 마음, 누군가에게는 이제 선뜻 연락하긴 어려운 거리감, 그런 걸 모두들 얼마쯤이나 가지고 있는지는 잘 모르겠다. 10년도 넘은 친구들에게 그런 걸 새삼스럽게 물어보기에는 너무 어른이 됐다. 조금 유치하고, 어쩌면 조금 슬퍼질지도 모르니까.

🐾

영화 〈고양이를 부탁해〉에서 막 2000년대에 들어선 스무 살들이 겪는 세상은 지금 세대보다 한층 음울하고 어두워보인다. 덕분에 내가 느낀 갈림길을 그들은 조금 더 빠르게, 또 거칠게 겪는 느낌이다. 스무 살이 되어 마치 팽개쳐지듯 세상으로 나온 다섯 친구들은 혜주의 생일을 맞아 한자리에 모인다. 졸업도 했고, 혜주는 인맥의 도움을 받아서이긴 하지만 이미 증권회사에 취업도 했다. 앞으로 너희는 뭐할 거야? 스무 살이 되었으니 서로에게, 그리고 스스로에게 묻지 않을 수 없다.

그림을 좋아하는 지영은 화장실에서 혜주가 묻자 슬그머니 털어놓는다.

"나, 유학 가려고."

"뭐? 야, 유학은 아무나 가니."

혜주의 대꾸에 지영은 입을 다물어버린다. 부모님 없이 할머니, 할아버지와 천장이 곧 무너져내릴 듯한 집에서 살고 있는 지영은 그 면박에 대해 마땅히 대답할 말을 가지고 있지 않다. 혜주의 말은 친구를 향한 조언일까, 아니면 무시일까? 이 정도는 아니지만 우리도 어쩌면 서로의 삶에 대해 의도치 않은 상처를 남긴 순간들이 있었을 거라는 생각이 들었다.

"어학연수? 부모님 등골 빼먹으면서 외국까지 굳이 갔다가 거기서 시간 낭비만 하고 오는 경우도 엄청 많다더라."

"그냥 눈 낮춰서 취업해. 내가 해보니까, 어차피 어딜 가나 거기서 거기라니까."

"글쎄, 너 보니까 나는 결혼 안 하려고. 인생을 즐기고 싶어."

"진짜 그 남자는 아니라니까. 그 남자랑 무조건 헤어져!"

서로의 삶에 대한 조언이 때로는 상처가 되기도 했을 것이다. 겪어보지 않은 삶에 대해 이러쿵저러쿵 말하는 건 쉬운 일이었다. 그 말

은 가끔 오지랖이 되거나, 서로의 심각한 문제를 경시하거나 일반화하는 실수가 되기도 했다. 다들 자신이 선택한 삶을 기준으로 바라보니 어쩔 수 없는 간극이 생길 수밖에 없었다. 예전 같으면 일주일도 안 되어 상처받은 이야기를 털어놓고 속 얘기를 하기도 했겠지만, 이제는 그럴 기회도 없어 속상한 마음을 한두 달 이상 묻어놓고 지내다 보면 새삼 이야기를 꺼내기도 뭐해 넘어가게 됐다. 그러는 동안 아주 약간, 1cm씩 마음의 거리가 멀어지고 있었는지도 모른다.

친구들 덕분에 위로받았던 많은 순간들이 있었는데, 마치 그 시절이 꿈속으로 사라진 것처럼 아무 데도 기댈 수 없어 외로운 순간들이 생겨났다. 각자의 길을 혼자서 걸어야만 한다는 사실을 알게 되었을 때, 우리에겐 모두 각자의 고독과 각자의 세계가 싹트고 있었으리라. 모두의 선택은 각기 달랐지만 그중에 완벽하게 행복하기만 한 길은 없었고, 각자의 길에서 우리는 이제 자신의 상처를 스스로 핥았다. 상처를 털어놓기 위해서는 예전보다 훨씬 더 많은 이야기를 해야만 하는데, 우리에겐 대체로 그럴 시간이 없기 때문이었다.

영화에 나오는 다섯 친구들은 모두 다른 환경에서 지내고 있는데, 거기에는 이제 학창시절에는 있었을 교차점이 더 이상 없다. 지영이는 생일 선물로 혜주에게 고양이를 건네지만 혜주는 고양이를 키울 수 없다며 돌려준다. 지영이의 유일한 가족인 할아버지 할머니가 집이 무너져 돌아가신 뒤 지영이는 고양이를 태희에게 맡긴다. 가정환경이 제일 나은 태희는, 패밀리 레스토랑으로 외식하러 가서 레스토랑 직원에게 '아가씨, 여기서 제일 잘 나가는 걸로 가져와. 대신 맛없으면 아가씨가 책임져!'라고 거침없이 말하는 아버지의 모습을 얼마간 지켜보다가 결국 집을 나온다. 이번엔 고양이를 직접 만든 액세서리를 팔고 있는 쌍둥이 자매에게 맡긴다. 이 자매는 영화에 나오는 다섯 친구들 중 가장 비중이 적은데, 서로에게 의지하며 평범하게 살아가는 이들이 결국 최종적으로 고양이를 맡게 되는 셈이다.

각자의 사정으로 고양이를 부탁해야 했던 친구들이 그 후에 어떻게 됐는지는 보는 이들의 상상에 달려 있다. 그 삶이 끝나지 않고 비슷하게 이어질 것이라는 사실만 우리의 경험을 토대로 분명하게 짐작할 수 있다. 비행기를 타고 외국으로 떠난 지영과 태희, 두 사람의 미래조차도 그리 밝을 것 같지만은 않다. 하지만 먼 훗날 고양이가 꽤 자라서 묵직한 몸집을 자랑할 때쯤 다섯 친구들은 한 번쯤 다시 만날지도 모른다. 그때는 고양이를 부탁받을 수 있는 어른이 되어 있을까? 왠지, 꼭 그렇지도 않을 것 같아서 뒷맛이 씁쓸하다.

사회생활을 하는 데 가장 힘든 일을 꼽으라면 역시 어떤 사람을 만날지 모른다는 점이다. 중고등학생 때는 개중에 나와 성격이 맞는 친구들과 어울릴 수 있었고, 대학생 땐 심지어 보기 싫은 사람은 아예 안 만나고 살 수도 있었는데 직장에서는 그럴 수 없다. 이게 바로 사회생활이야, 라고 생각하면서도 그걸 견디기가 참 힘들었다. 온통 나와는 다르게 살아온 사람들뿐이고, 그러니 감정의 톱니바퀴를 맞추기가 점점 더 어려워진다. 그렇다고 안 맞는 부분을 애써 갈고 다듬어 맞출 만큼 시간을 들이는 것도 이제는 무리다. 나랑 안 맞는 사람이야, 하고 싫어하거나 미워하는 편이 빠르고 간편하기 때문이다.

"어머, 고양이는 복수하지 않니?"

고양이를 키운다고 하니 주변 어른들이 종종 질색하며 말했다. 설사 그렇다고 한들 무언가 해코지를 해야 복수를 할 텐데…… 해코지할 생각이 없으니 괜찮아요, 라고 말해봤자 이야기가 길어질 뿐이니 그냥 "안 그래요, 귀여워요" 하며 웃곤 했다.

고양이를 목숨이 아홉 개 붙은 불길한 동물이라고 여기던 인식은 언제부터 생긴 것일까? 오래되고도 진부한 이야기지만, 집사 인구의 그래프가 쑤욱 늘어나고 있는 요즘까지도 그 생각은 사람들의 머릿속에서 쉽게 사라지지 않는 것 같다. 예진에는 마녀가 검은 고양이로 변한다고 생각하기도 했고, 검은 고양이는 특히 더 불길하다고 여겼다고 한다. 그 때문인지 검은 고양이는 아직도 유기동물 보호소에서 쉽게 입양이 이루어지지 않는다. 그저 털 색깔일 뿐인데, 사람들이 은연중에 검은 동물을 기피하는 마음이 있기 때문이란다. 그 뿌리 깊은 편견이 고양이 입장에서는 억울한 일이지만, 종종 검은 고양이를 향했던 맹목적인 배타성이 사람들 사이에서도 존재한다고 느낄 때가 있다.

'저 사람 왠지 기분 나쁜데' 같은 종류의 감정은 '저 사람은 상냥하고 꽤 괜찮은 느낌'이라는 감정에 비해 훨씬 빠르게 퍼져나간다. 어린 아이들이 자신과 머리색, 피부색이 다른 친구만 봐도 따돌리거나 놀리는 걸 보면 나와 다른 사람을 괴롭히고 기피하는 마음이 인간의 본능 어딘가에 심어져 있는 것인가 싶기도 하다. 문제는 그 '누군가'가 언제든지 내가 될 수 있다는 점이다. 어떤 집단에서는 다수였으나 어떤 집단에서는 내가 가장 유별난 소수일 수도 있는 것이다.

〈마녀 배달부 키키〉의 주인공 소녀는 마녀가 얼마 남지 않은 시대에 실제로 존재하는 그 소수의 유별난 존재 중 하나다. 마녀는 점점 그 수가 줄어들어 이제 한 마을에 한 명이나 있을까 말까 하게 되었다. 인간인 아빠와 마녀인 엄마 사이에서 태어난 키키는 마녀가 되기 위해 일 년 동안 낯선 마을로 떠나 사람들에게 도움이 되는 일을 하며 수행을 거쳐야 한다. 사람들에게 마녀가 아직 남아 있다는 것을 알리기 위한 의식이기도 하다.

키키가 바다를 건너 도착한 마을, 아직까지 마녀를 본 적 없던 사람들은 하늘을 나는 소녀를 보고 처음에는 환호한다. 하늘을 나는 재주로 누구보다 빠르게 배달을 할 수 있는 키키를 누구나 좋아한다. 하

지만 어느 날, 누군가가 아무 근거 없이 '마녀의 저주다!'라는 불길한 프레임을 씌우자 키키는 한순간에 두렵고 꺼려지는 존재가 되어버렸다. 여태까지 키키에게 잘해주던 사람들도, 도움을 받았던 사람들도 모두들 키키에 대한 부정적인 평판에 편승한다. 좋은 인상을 심어주는 건 어렵지만 불길함에 휩쓸리는 것은 쉽다. 사람들은 불안한 감정을 훨씬 더 강렬하게 느낀다. 키키는 '대중'의 시선을 견디지 못하고 마녀로 살아가는 것을 포기하기로 마음먹는다.

나도 누군가를 미워해봤다. 고등학교 때는 국어 선생님을 싫어했다. 서로 원수진 것도 없는, 심지어 그 선생님은 내가 자신을 미워했다는 것도 모를 사이인데도 이상하게 그때 느낀 미움의 감정이 나에게는 무척 강렬하게 남아 있다. 그 선생님은 언제나 목을 긁어서 내는 듯한 목소리로 억양 없이 똑같은 톤으로만 말했다. 수업 시간에 자는 학생을 절대 깨우는 법이 없었고, 수업을 들을 의사가 있다면 항상 네다섯 가지 종류의 펜을 준비해야 했다. '네 번째 줄은 형광펜으로 밑줄치고, 그 다음 다음 줄은 빨간색으로 밑줄. 끝에서 두 번째 줄에 밑줄 치고 부르는 대로 메모해라.' 수업은 늘 이런 식으로 진행됐다. 설명은 없었고 선생님이 불러주는 대로 색색으로 칠하고 필기하는 시간이었다. 교사용 교재만 있으면 누구든지 할 수 있겠다고 생각했다. 그 생각은 몇 년 후 내가 학원에서 국어 강사로 아이들을 가르친 경험 이후에 오히려 더 강해졌다. 어지간히 의욕 없는 선생님이었다고 생각한다. 당시 나는 뭔가 이건 온당하지 않다는 생각이 들었고, 그 생각을 반복하다 보니 수업 시간마다 스트레스에 짓눌릴 지경이 되어갔다. 수업 시간 외에 그 선생님을 만나도 시선을 피하게 되었다.

누구를 싫어하는 것도, 또 미움받는 것도 사실은 괴로운 일이다. 누군가를 싫어하는 데에는 이유가 없을 때가 많기 때문에 더욱 그렇다. 처음에는 이유가 있었다가, 점점 이유가 중요하지 않아진다. 나중에는 그냥 그 사람이 자주 쓰는 텀블러가 마음에 안 들고, 평소 하는 말버릇이 지긋지긋해지고, 얼굴만 봐도 싫고, 한 공간에 존재하는 것만으로도 괴로워진다. 어른스럽지 못한 태도라는 걸 알면서도 그 마음을 다스리기가 쉽지 않다. 그런데 또 견디기 힘든 건 상대방이 나를 싫어한다는 걸 알아챘을 때다. 미워하는 마음이 화살표로 형태를 띠고 있다면 나는 종종 가해자이자 동시에 피해자였을 것이다.

누구를 미워하는 마음은 나 자신을 괴롭게 만든다는 걸 안다. 하지만 많은 사람들을 만나다 보면 종종 참을 수 없는 순간들이 있다. 그 사람이 나에게 무슨 잘못을 해서가 아니더라도, 무언가 부당하다고 느껴질 때면 그 사람과 같은 집단 속에서 함께 지내는 것이 견디기 힘들어졌다. 나 혼자만 이렇게 사회생활을 못 하는 걸까? 할 일을 다 끝냈는데도 퇴근을 못 하는데, 어떤 사람은 하루 종일 노닥거리다가 야근을 하고, 그 패턴에 맞추는 불합리함을 견디는 것이 나는 왜 이렇게까지 괴로운 걸까? 남들은 다 그냥 적당히 넘어가고, 대충 관계를 맺으며 살아가는데 왜 나만 유독 이렇게 힘든 걸까? 내 스트레스가 나를 짓누를 때면 내가 이상한 게 아닌가, 하고 자책하기도 했다.

실은 예민하다는 말을 종종 듣는다. 표정 관리가 잘 안 되고, 남들이 슬쩍 던지는 말의 뉘앙스에 지레 기분이 상한다. 그래서 좋아하는 사람들을 피곤하게 할 때가 많다. 그게 무슨 뜻이야, 왜 그렇게 말하는 건데, 어떤 것 때문에 그런 생각을 하는 거야, 하고 파고들기 때문이다. 제대로 알지 못하면 찜찜한 마음이 남는다. 중요하지 않은 사람이라면 상관없지만, 좋아하는 사람이 쏘아 보내는 원인 모를 화살이 나를 향하고 있다는 걸 눈치채면 의기소침해지고 만다. 그럴 때면 나 혼자만 사회의 원에 들어가지 못하는 기묘한 동물이 된 것 같은 기분이 들기도 했다. 가끔은 미워하는 마음이 오히려 나를 고립시켰던 것이다.

🐾

미워하는 마음이 떠돌고 있는 공간에선 물 위에 떨어뜨린 기름처럼 각각의 마음이 분리된다. 가까이 있을 때에도 서로의 사이에 동그란 경계가 그려져 있고, 몽글몽글 분리된 기름방울은 수면을 어지럽게 만든다. 누굴 미워할 때도, 누군가에게 미움받을 때도 그랬다. 사람들과 어울리기 어렵다고 느낄 때마다 나는 무리의 바깥에 오도카니 남겨진 검은 고양이가 된 것 같은 기분이 되었다.

다른 사람들 사이에서 이질감을 느끼고, 그래서 무리에 소속되지 못할까 봐 초조했던 마음은 누구나 한 번쯤 경험해보았을 것이라 생각한다. 그러나 어느 집단에서 소외되고 미움받는다 해서 늘 다수가 옳은 것은 아니다. 그러니까, 마을의 일원이 되지 못하고 덩그러니 멀어져야 했던 것도 키키의 잘못이 아니다. 물론 마법 탓을 할 수도 없다.

키키는 동물원의 아픈 하마를 다른 섬에 있는 수의사 선생님에게 데려다주는 힘겨운 여정 끝에 마을 주민들에게 비로소 인정받는다. 잘된 일이고, 무엇보다 비바람을 뚫고 날아가는 영상과 배경음악 자체가 눈물이 찔끔 날 정도로 감동적이기까지 하지만 한편으로는 키키가 짠했다. 이유 없는 미움은 언젠가 해소되는 것일까? 그건 장담할수 없다. 키키는 자신만 할 수 있는 일로 끝내 인정받았지만, 현실에서는 그럴 수 없을 수도 있다. 분명한 건, 그 마을에는 '유별난 존재'가 키키뿐이었지만 다른 마을에 마녀는 또 존재한다는 것이다.

나 혼자만 세상을 따라가지 못하고 고립되어 있는 것 같은 순간에 우리는 모두 각각의 마을에서 마녀가 되는지도 모른다. 다만 온 세계에나 혼자만 있는 것은 아니라는 걸 잊어서는 안 된다. 이 마을에는 나뿐이지만, 다른 마을에 가면 또 다른 마녀를 만날 수도 있다. 어딘가에는 나를 이해해줄 수 있는 사람이 있고, 또 나만이 할 수 있는 일이있을 것이다. 더불어 검은 고양이에 대한 편견도 언젠가는 벗겨지길바라본다. 모두가 불길하다 손가락질해도, 까만 옷 입은 마녀의 곁이라면 털이 아무리 빠져도 티가 안 나는 검은 고양이가 최고의 파트너니까.

고양이를 빌려드립니다

세상이 날 두고
어딘가로 가버렸을 때

외로움은 어디에서나 온다. 떠들썩한 모임 안에서도 누군가는 외로울 수 있고, 사랑하는 사람이 손을 맞잡아주는 그 순간에도 외로움은 어디엔가 있다. 숟가락으로 푸딩 가운데를 움푹 파낸 것처럼, 마음 한가운데에 구멍이 움푹 파여 있기 때문이라고 영화 〈고양이를 빌려드립니다〉에서는 표현한다. 그리고 외로운 사람들이 공허한 외로움의 구멍을 채우는 데에는 고양이가 필요하다는 것을, 영화 속 사요코는 알고 있다.

영화 〈고양이를 빌려드립니다〉는 〈카모메 식당〉으로 유명한 오기가 미 나오코 감독의 작품이다. 오니기리를 파는 작은 식당에서 일어나는 소소한 일상을 그려낸 〈카모메 식당〉과 마찬가지로, 〈고양이를 빌려드립니다〉에서도 커다란 사건이나 긴장되는 에피소드는 없다. 그저 주인공인 사요코가 리어카에 고양이들을 싣고 외친다. 고양이를 빌려드립니다, 외로운 사람들에게 고양이를 빌려드립니다, 라고. 그러면 마음 어딘가에 구멍이 뚫린 이들이 머뭇머뭇 다가와, 이 고양이 빌릴 수 있나요 하고 묻는다.

이름, 고양이 종류, 빌리는 기간, 겨우 세 가지 항목만 작성하면 되는 허술해 보이는 고양이 렌탈이지만 그래도 나름대로의 기준이 있다. 고양이가 잘 지낼 수 있는 집인지를 둘러보고, 이곳이 마음에 드는지 고양이의 의지도 제대로 물어보고, 그들이 지닌 외로움의 구멍을 확인한다. 사요코의 역할은 그게 전부다. 영화는 외로운 사람들을 굴곡 없이 편평한 장면 위에 그려내고 있을 뿐 어떤 조언도 섣불리 건네지는 않는다. 그건 아마도, 고양이의 역할일 것이므로.

사요코에게 고양이를 빌리려는 첫 손님은 나이 많은 할머니다. 고양이를 대여하는 기간은 할머니가 죽기 전까지. 할머니에게, 마찬가지로 나이 많은 고양이를 빌려주며 사요코는 말한다.

"고양이에게 무슨 일이 생기면 연락 주세요. ……할머니에게 무슨 일이 생겼을 때도요."

가냘픈 인연의 끈이 사요코와 할머니를 잇는 순간이다.

또, 홀로 지내고 있는 기러기 아빠는 사춘기 딸의 냉담함에 섭섭한 마음을 고양이로 달래기 위해 기러기 생활이 끝나는 날까지만 고양이를 빌리기로 한다. 고양이는 아빠의 양말 냄새에도 관심을 가져준다. 그리고 마침내 가족의 곁으로 돌아가는 날, 기러기 아빠는 고양이를 반납하지 않고 데려가고 싶다고 말한다.

우리는 모두 조금씩은 외롭다. 누구도 완전한 내가 될 수는 없기 때문에. 어딘가 비어 있고 부족한 것을 끊임없이 깨닫는 것은 어쩌면 숙명적인 일일지도 모른다. 그러나 자연스러움과는 별개로, 세상과 나를 이어주는 끈이 단 한 가닥도 남지 않았다는 생각이 들 때 우리는 또한 필연적으로 두렵고 슬퍼진다. 나의 외로움을 고스란히 내가 감당해야 한다는 사실을 막상 눈앞에 펼쳐두고 또렷하게 바라보는 일은 누구에게나 버겁다.

그때 고양이는 움푹 파인 외로움의 구멍에 들어가 둥글게 몸을 말고

눕는다. 아무 말도 하지 않는 태연함이 우리에게 위안을 준다. 비교적 독립적인 동물로 생각되는 고양이가 홀로 외로움을 견뎌내는 사람들의 위로가 되어준다는 점이 어떻게 보면 아이러니하다. 하지만 혼자여도 괜찮은 씩씩한 사람에게도, 혼자서도 얼마든지 창밖을 바라보며 시간을 보낼 수 있는 고양이에게도 서로가 필요하다. 기댈 곳이 없으면 넘어지기 쉽고, 넘어졌을 때에는 붙잡고 일어날 무엇이 있어야 하기 때문에.

고양이를 빌려주는 일은 외로운 이들에게 온기를 나눠주는 것일 뿐만 아니라 사요코 자신에게도 다정해지는 일이다. 그들과 사요코 사이에는 고양이라는 인연의 연결 고리가 생겨난다. 결국 이 영화는 고양이를 위한 것인 동시에, 도리어 사람을 사람으로 치유하고자 하는 근본적인 위로의 요소 역시 가지고 있는 셈이다.

여느 때처럼 리어카를 끌며 고양이를 빌려드린다고 외치던 사요코가 문득 발걸음을 멈추는 장면에서 영화는 유일하게 긴장감을 부여한다. 그녀는 길에서 문득 걸음을 멈춘 채 순간적으로 생각한다.

'왜 아무도 없지? 세상이 나만 두고 다 어디로 가버린 거 아닌가?'

물론 그럴 리 없다. 세상이 어디론가 이주할 계획이 있었다면 나만 소외시킬 리도 없고……. 어디서 미리 소문 정도는 들려왔을 것이다. 하지만 문득 이런 착각에 빠지는 것이 비단 사요코뿐일까. 세상이 나를 외톨이로 남겨두었다는, 가슴 철렁한 순간은 누구에게나 있을 것이다. 그럴 때는 마치 갑자기 먹먹한 진공 상태가 되듯이 소리도 들리지 않고 보이는 것은 오직 나밖에 없다. 세상이 나만 두고 하와이라도 가버린 게 아닌가, 하고 의심하게 되는 것은 당연하다.

세상에 별일이 일어나지는 않았으며, 여전히 변함없이 그대로 중심을 잡고 있다는 사실을 깨닫기 위해 때때로 고양이가 필요하다. 어느 순간 무겁게 공기가 내려앉고 바람 소리도 침묵할 때, 아침이 오지 않을 것처럼 두려워지는 깊은 밤에, 옆에 있는 줄도 모를 만큼 발소리도 내지 않는 이 조용한 털 뭉치가 내 공간 어디엔가 태연하게 있다는 사실은 내가 혼자가 아니라는 것을 확실한 질감으로 알려준다.

물론 고양이 쪽에서야 외로움에 대해서 별 관심은 없을지도 모른다. 나른하게 햇살을 즐길 수 있는 공간이 있는지, 맛있는 간식을 챙겨주는지, 그런 것들이 충족되면 그뿐이다. 어쩌면, 아무것도 묻지 않고 적당한 거리를 유지하며 단지 곁에 존재해주는 바로 그 점에서 우리는 위안을 받는지도 모르겠다. 아무도 없는 집 안에서 홀로 밥을 먹을 때, 어쩌면 가족들이 모두 잠들어 있는 아침의 출근길, 그럴 때 야옹거리며 몸을 부비는 부드러운 촉감이 외로움의 구멍을 채워준다.

영화에서는 다른 이들의 에피소드에 쭉 시선을 두고 있지만, 아마 사요코 역시 외로움이 없지 않을 것이다. 외롭지 않은 척하면서 늘 혼자 있다는 점은 고양이와도 닮았다. 어릴 때부터 묘하게 고양이에게 인기 있었던 그녀는 사람에게도 인기 있고 싶다고 솔직하게 중얼거린다. 그녀는 외할머니가 돌아가시고 허전함만 남은 채 혼자가 되었다. 하지만 정원에 꽃과 나무가 있고, 바람개비와, 고양이들의 무덤이 있고…… 또 지신의 집에 있는 고양이들과 사람들에게 빌려준 고양이들을 책임져야 한다.

그래서일까? 사요코의 외로움은 거의 겉으로 드러나지는 않는다. 내가 하와이에 가버리면 고양이는 누가 돌보지? 그녀는 현실에서 쉽사리 도피할 수 없다. 누군가에게 꼭 필요한 존재가 된다는 것은, 또한 자신의 존재에 있어서도 중요한 문제인 것이다.

사실 고양이는 별것 아닐 수도 있다. 고양이보다 커다란 가치를 매길 수 있는 것은 세상에 얼마든지 있을 것이다. 하지만 결국 나에게 무엇이 필요한지를 스스로에게 물어보는 것이 중요한 일이 아닐까. 세상에게 중요한 것이 나에게까지 중요하지 않다는 걸 우리는 이미 숱한 경험을 통해 알고 있다.

고양이라는 외로움의 처방전을 받아 든 이들은 그 무게를 덜어낼 수 있었을까? 아마 그들은 사요코와 이야기를 나누며 알게 되었을 것이다. 고양이를 필요로 하는 사람들이 어디엔가 있다는 것, 나의 외로움은 나눌 수 있는 것이라는 사실. 사요코에게 고양이를 빌리려는 이들 모두가 난롯가의 고양이들처럼 몸을 부비며 서로의 상처를 무심코 핥아주고 있는 것도 같다. 그리고 서로에게 작은 목소리로 알려주는 것이다. 세상은 당신을 두고 어디에도 가지 않는다고.

한 걸음 한 걸음 걷고 있는 것은 분명한데, 여전히 눈앞이 깜깜하기만 한 시기는 어떻게 견뎌내야 하는 걸까. 허우적대고 있는데 붙잡고 일어날 수 있을 만한 지푸라기가 영원히 잡히지 않을 것 같은 고독한 석막은 어떻게 이겨낼 수 있는 걸까. 언제가 그 시간이 끝날 거라는 희망, 잘될 거라는 위로, 그런 것들은 도통 단단하지가 않아 손에 잡아도 흐물흐물 미끄러져 흘러내린다. 그러나 단단히 잡고 일어날 수 있는 튼튼한 버팀목은 어쩌면 의외로 늘 있던 곳에 그대로 있을지도 모른다. 심호흡을 한 번 하고, 소파 끄트머리로 시선만 슬쩍 돌리면.

🐾

한창 오디션 프로그램이 인기를 얻었을 때 꽤 여러 시즌을 꾸준히 챙겨봤다. 나보다 한참 어린 10대 청소년들의 야무진 도전을 지켜보다 보면 그 패기에 감탄하게 되는 한편 내가 안전지대 안에서 몸을 웅크리고 꾸물거리고 있다는 자각에 작은 한숨을 뱉어낼 때도 있었다. 단한 번의 무대로 모든 것을 보여주고 자신의 능력치를 평가받는 그 용기가 어디에서 나오는 건지, 나는 그 간절함에 이입되어 꽤 여러 차례 울컥 눈물을 쏟기도 했다.

나에게도 그렇게 치열한 시절이 있었을까? 나는 실패할 것 같은 일에는 애초에 도전하지 않는 것을 좋아했다. 열심히 하면 그만큼 실망하기 때문이었다. 실패를 딛고 단단해지는 건 청소년 교육동화나 청춘영화에서나 나오는 이야기 아닌가. 나에게 영화 같은 반전이 있을 거라는 막연한 기대감은 없었다. 좋게 말하면 현실적이고, 나쁘게 말하면 비관적인 마음가짐이었는지도 모르겠다.

그러나 실제로 우리의 삶은 노력하는 모든 이들에게 반드시 깜짝 선물을 숨겨놓지는 않는다. 재능도, 운도, 실력도, 심사위원의 호의적인 시선까지 모든 게 갖춰져야만 간신히 한 계단을 넘어갈 수 있다. 오히려 적당히 노력하다 한계에 부딪쳐 낙담하고 마는 것이 내게는 더 쉽게 일어날 수 있는 일처럼 느껴졌다. 물론 이런 마음으로 '적당히'만 해서야 도저히 성공할 수 없다는 건 말할 것도 없다. 그렇다면 늘, 대답 없는 도전을 계속해야만 하는 걸까.

〈고양이는 불러도 오지 않는다〉를 보며 여러 번 마음이 먹먹했다. 아마추어 복서였지만 부상을 입은 탓에 다시는 영영 복싱을 할 수 없게 된 '미츠오'는 졸지에 백수가 되었다. 한동안 어찌할 줄 모르고 머뭇거리다가 겨우 마음을 먹고 만화가로 새롭게 도전하지만 결과는 매번 꽝이다. 꽤 열심히 그렸으니 이쯤이면 좋은 소식이 들릴 때도 되지 않았나 싶은데도 역시나 다시 실패. 복싱을 할 수 없게 된 복서가 겨우 찾은 새로운 길, 만화조차 그의 길이 아니라면 그의 인생은 앞으로 어디로 흘러가야 한단 말인가. 잡힐 듯 말 듯 희망이 보이지 않고, 앞이 통 깜깜하기만 한 탓에 그가 '에잇, 다 그만두자' 하고 모든 걸 포기할까 봐 지켜보는 내가 다 마음이 불안했다.

그 길고 초조한 시간을 지켜보며 오히려 나는 영화다운 반전을 바라고 있었다. 알고 보니 주인공이 엄청난 재능의 소유자여서, 혹은 어느 사건에 자극을 받아 반짝 하고 굉장한 아이디어가 떠올라서 마법처럼 성공하는 그런 전개라도 있었으면 했다. 하고 싶은 일을 포기해야 할 때의 공허를 이해하기 때문이다. 복싱을 그만둘 수밖에 없었던 그가 새로운 꿈을 찾았다면, 거기에 다른 희망조차 없어서는 안 된다고 생각했기 때문에.

그래도 그는 겉으로 보기에는 괜찮아 보인다. 어쨌든 복싱에 대한 미련으로 울고불고하지는 않는다. 언뜻 보면 복싱에 대한 것은 다 잊고 꽤 덤덤하게 견뎌내고 있는 것처럼 보이기도 한다. 그러나 그는 도달하지 못했던 자신의 꿈을 다른 쪽으로 투영한다.

미츠오는 우연히 형이 주워온 고양이 두 마리를 맡아 키우게 된다. 고양이에 대해 아무것도 모르는 그는 이웃 여자로부터 다양한 조언을 들으며 도움을 받는다. 그녀는 고양이를 중성화시켜야 한다고 조언하지만, 미츠오는 쿠로를 중성화하지 않고 외출냥이로 키워, 길고양이들 사이의 보스로 만들겠다고 마음먹는다. 그게 마음먹는다고 될 일은 아닐 것 같은데, 집사의 마음을 알았는지 쿠로는 정말로 동네의 보스 고양이가 된다. 물론 그렇게 되기까지는 필연적으로 여러 번의 격렬한 싸움이 있어야 한다. 미츠오는 응원과 불안이 뒤섞인 마음으로 쿠로를 지켜본다.

나는 그를 이해할 수 있었다. 쿠로가 길고양이 보스가 되는 과정을 지켜보는 일이 그의 해결되지 않은 절실함을 대변하고 있는 것은 아닐까. 아마 그의 마음 한편에는 끝내 올라가지 못했던 복싱 챔피언에 대한 미련이 남아 있었을 것이다.

꿈, 이 한 글자를 앞에 두고 고민해보지 않은 청춘이 있을까. 하고 싶은 일과 해야 하는 일의 괴리를 느껴보지 않고 30대가 된 어른이 있을까? 꿈이 뭐기에 이렇게 나를 괴롭게 할까. 그저 일을 하고, 음식을 먹고, 오늘 하루도 별 탈 없이 마무리하면 되는 것을. 무엇이 입안에 까슬까슬하게 들어와 있는 모래알 같은 존재감으로 남아, 그걸 신경 쓰지 않고는 못 배기게 만드는 걸까. 꿈을 꾸는 것이 나를 이토록 괴롭게 만든다면 꿈을 꾸는 데에 의미가 있는 걸까? 하지만, 꿈의 자락을 좇는 것 말고는 할 수 있는 것이 없는 날들이 있다. 미츠오는 더 이상 불가능하다는 것을 알고도 자기도 모르게 챔피언의 꿈에 무심코 고개를 향하고 있다.

고양이 쿠로는 미츠오가 원하던 삶을 대신하고 있었는지도 모른다.

떳떳하게 정상에 서고 싶다는. 쿠로가 있는 자리는 만약 복싱을 계속 했다면 미츠오가 있었을지도 모를 자리다. 정상에 오르고, 그 자리를 노리는 이들로부터 자리를 지키는 외로운 싸움을 계속해야 하는. 하지만 그에게는 정상을 지키기 위해 피를 흘릴 기회조차 주어지지 않았다. 정말 천 번을 흔들려야 어른이 되는 것일까. 쿠로가 버티고 있는 많은 밤들은 미츠오가 스스로와 싸우고 있는 밤이기도 하다. 홀로 자신과 싸우는 청춘의 밤은 길고 초조했을 것이다.

쿠로는 결국 전염병을 가진 동네 길고양이와의 어느 싸움 끝에 무지 개다리를 건넌다. 미츠오는 쿠로를 보스로 만들겠다고 욕심을 부린 것을 후회하지만, 어쨌든 가지 않은 길이었다 해도 후회는 남았을 것이다. 어쩔 수 없다. 우리는 이토록 어리석으니까. 내가 선택한 일에도, 선택하지 않은 길에도 후회하지 않을 수 없는 존재이니까.

삶의 어느 단계에 이르면 모든 게 명확해질 줄 알았다. 그러나 나의 길고 어두운 새벽은 좀처럼 끝나지 않았다. 어쩌면 우리는 모두 각자의 절망과 기대를 안고 이 새벽을 보내고 있을 것이다. 가진 건 꿈밖에 없던 시절의 먹먹함을 상상하거나 혹은 돌이켜보는 것은 어렵지 않다. 새벽의 시간은 일그러진 채 흘러서 길이를 가늠할 수 없을 때가 많다. 그 짙은 공기를 어찌할 바 몰라 잠을 청하고 마는 새벽이 나에게도 몇 번인가 있었다. 오즈를 따라가는 도로시의 노란 벽돌 길처럼, 그것은 눈앞에 또렷하게 보였다가도 갑자기 끊어지기가 일쑤였다. 평범한 도로시들은 지혜로운 허수아비나 용감한 사자, 마법을 부려줄 뾰족한 모자 없이 다시 홀로 길을 찾아내야만 한다.

결국 혼자서 해내는 수밖에 없는 그 고독한 길 위에서 어떤 격려는 너무 부담스럽고, 어떤 위로는 오히려 짐을 얹어준다. 그래서 나는 오랫동안 다른 사람에게 내 고민거리를 털어놓지 못했다. 그런 것이 나의 약점과 빈틈을 드러낼 것 같았다. 알아서 잘 해나가고 있는 줄 알았던 이 친구가 사실은 보잘것없고 시시하게 살아가고 있구나, 하고 생각하게 만들 것 같았다. 혹은 반대로 너는 잘할 수 있어, 라는 믿음이나 기대를 얹어주는 것도 부담스러웠다.

또 하나의 이유는, 누군가가 나의 고민이나 사소한 문젯거리에 진심으로 관심을 가질 리 없다고 생각했기 때문이었던 것 같다. 긴 터널을 끝없이 걷고 있는 건 나뿐만이 아닐 것이므로, 그 고민을 서로에

게 나누고 얹어주기 어려웠다.

그리고 누군가와 나누기 어려운 이야기를 슬그머니 펼쳐 보이기에 반려동물만큼 좋은 파트너는 없었다. 그럴 때, 구구절절 털어놓지 않아도 좋은 단호한 믿음과 침묵의 응원이 주는 힘이 있었다. 경계심 많기로는 둘째가라면 서러운 이 동물이 내 앞에서 배를 다 드러내고 자거나 목덜미를 쓰다듬는 내 손길에 눈을 지그시 감는 것을 보면 문득 가슴이 벅찰 만큼 기뻤다. 단단하고 의심할 여지 없는 나에 대한 믿음이 실체가 되어 보이는 듯했다. 그 자체가 하나의 기둥이 되어서 나를 지탱해주었다.

고양이와 함께 살아간 시간은 미츠오에게 어떤 의미였을까. 고양이는 아무 말도 하지 않고 그저 살아가는 것뿐이지만, 어쩌면 그 존재 자체가 오히려 미츠오를 격려했을 것이다. 복싱을 그만두고, 아르바이트를 하면서 만화를 그려나가기 위한 힘과 용기가 그에게는 필요했을 것이기에. 복싱을 그만둔 뒤 얼떨결에 떠맡게 된 것뿐이지만 그는 점차 고양이를 키우는 것에 대해 배워가고, 아르바이트를 해서 고양이의 입맛에 맞는 캔을 찾아내고, 동네의 보스가 된 쿠로의 일생을 함께했다.

그는 결국 고양이 덕분에 긴 터널을 견뎌낼 수 있었는지도 모른다. 그리고 그가 실패를 거듭한 끝에 그린 이번 고양이 만화는 아마 좋은 소식을 전해올 것 같다.

고양이는 언제나 가장 적절한 위로를 건네는 방법을 알고 있다. 고양이는 불러도 오지 않지만, 스스로 우리를 선택해 다가온다.

내 삶에도
의미가 있을까?

괜찮아, 잘될 거야, 힘 내. 힘을 내. 친구나 연인의 위로가 위안이 되기는커녕 도리어 '네가 뭘 알아'라는 생각에 발끈하게 될 때가 있었다. 잘될 것 같지도 않고, 괜찮지도 않고, 힘도 나지 않는다. 힘내라는 말은 민들레 꽃씨처럼 가냘프게 허공을 맴돌다가 어디론가 보이지 않게 사라지고 말았다. 위로가 필요하지 않은 것은 아닌데, 무엇도 위로가 되지 않는 어느 날. 이 이유 모를 수렁에서 빠져나갈 수 있을까. 아니, 애초에 난 빠져나가려는 의지는 가지고 있는 걸까? 제자리에서 나 홀로 머물러 있는 것 같은 고독한 순간에, 구원은 뜻밖의 장소에서 온다.

길거리에서 버스킹을 하며 아슬아슬한 하루를 살아가고 있는 '제임스'의 시간은 마치 버티듯 흐른다. 어제가 지나 오늘이 되고, 오늘이 끝나면 또 내일이 올 것이다. 버스킹해서 얻은 동전 몇 개로 겨우 끼니를 때웠는데, 마약에 중독된 몸은 결국 또 약으로 현실에서 도망치려고만 한다. 그러나 그가 아직 모든 걸 포기한 것은 아니다. '새 삶을 살고 싶다'는, 떠돌이 생활을 끝내고 싶다는 희망을 마지막 지푸라기처럼 붙들고 있다. 약을 끊고 싶은 의지는 있지만, 의지만으로 몸을 가눌 수 있는 단계는 이미 넘어버렸다. 그때 제임스에게 첫 번째 도움의 손길을 내밀어준 것은 바로 사회복지사 '벨'이다. 그녀는 기관을 설득해 세임스에게 임대 주택에서 살 수 있는 기회를 제공해준다. 다시없을 호의와 기회를 얻었으니, 이번에야말로 제임스는 약을 끊고 새로운 삶으로 도약해야만 한다.

주거할 곳이 생긴 것만으로도 일단은 한숨 돌린 셈이다. 하지만 과연 그는 도움을 준 손길을 실망시키지 않고 새롭게 시작할 수 있을까? 아직은 미심쩍은 색깔을 띠고 있는 그의 음울한 집에 두 번째 희망이 뜻밖에도 무단 침입해왔다. 겨우 몸을 뉘일 수 있는 나만의 집을 구하게 되었는데, 그의 평화를 긴장시키는 부스럭 소리가 나자 제임스는 벌떡 일어나 집 안을 둘러본다. '누구야, 당장 나가!' 그리고 그는 발견한다. 아직은 모르겠지만 훗날 자신의 인생을 바꿔줄 웬 치즈색 길고양이를.

한마디로 제임스는 고양이 '밥'에게 간택당한 셈이다. 고양이 주인을 찾아주려고 이웃들을 찾아가 봤지만 주인은 나타나지 않고, 가지고 있는 돈을 탈탈 털어 고양이를 치료해준 제임스는 여느 날처럼 버스킹을 하러 나간다. 그리고 고양이 밥은 어지간히도 그가 마음에 들었는지, 몰래 그의 뒤를 따라 외출한다. 밥은 제임스가 기타를 치는 동안 어깨 위에 올라타 사람들을 호객하게 되고, 어느새 제임스의 뮤즈가 되어 있다. 고양이 덕에 그는 사람들에게 알려지고, 지역 신문에 실리기도 한다. 고양이가 불길하고, 언젠가 복수한다는 미신이 한층 무색해지는 대목이다.

물론 모든 것이 물 흐르듯 순탄하진 않다. 겨우 찾은 일자리에서 억울하게 쫓겨날 때, 겨우 좋아하게 된 여자에게 마약을 들켜 신뢰가 깨졌을 때, 그래서 온 힘을 다해 또 시작할 수 있는 힘을 쥐어짜야 했을 때 제임스는 또다시 좌절하고, 언제나처럼 고독해졌다. 이번에는 누구도 제임스를 도와줄 수 없다. 바닥을 딛고 수면 위로 떠오르기 위해서는 마지막 힘을 쥐어짤 계기가 필요하지만, 수면까지는 그만큼 멀기 마련이다. 숨을 참아내며 저 멀리 보이는 희끗한 빛을 따라 올라갈 때, 내 마음은 숨을 오래 간직하기 위해 오히려 단단해져서 주변에서 건네는 위로를 흡수하지 못하고 밀어내기도 했다.

왜일까, 도와주는 손길이 정말 필요한 순간에는 어째서 위로의 순수성에 대한 의심마저 싹트는 걸까. 아마 스스로를 믿지 못해서 그럴 것이다. 내가 이렇게 엉망인데, 더 좋은 미래가 있으리라는 기대가 괜한 희망고문처럼 느껴져서일 것이다.

🐾

내게도 위로가 필요하지 않은 날들이 있었다. 온 힘을 다한 사랑이 끝났다는 사실을 깨닫고 나 자신을 꽁꽁 감싸며 웅크렸던 밤이 그랬고, 내 힘으로 어찌할 수 없는 위기나 사고 탓에 앞으로 어찌할지 갈피를 잡지 못하고 지새던 날들이 그랬다. 그럴 때면 없던 잔병들이 갑자기 한꺼번에 찾아오고, 꿈결에서 현실을 뒤로 미루는 것이 오히려 마음 편한 시간도 있었다. 내겐 이토록 무겁게 느껴지는 일이, 입

밖으로 꺼내면 현실의 저울로 무게가 재어지고 다른 것과 비교해 하찮은 것이 될까 봐 누군가에게 털어놓지도 못했다.

결국 그 시간을 이겨낼 수 있는 건 자신뿐이라고 생각했다. 제임스도 약을 끊기 위한 고통스러운 시간을 결국은 혼자서 온전히 이겨내야 했다. 일상을 되찾기 위해서는 투정 부릴 시간이 없다. 왠지 통 되는 일이 없다는 생각에 울적해도 그대로 늑장 부리면 시간만 흘렀다. 위로받고 스스로를 토닥거리는 일이 실제로는 아무것도 바꿔주지 않는다는 것이 나에게는 현실이었다. 나의 고충을 털어놓으면 이해한다는 듯이 나를 위로해주는 누구든, 그는 결국 남이었다.

그러나 아무리 고통스러운 일이라도 시간이 지나면 옅어지고 마침내는 사라지기도 한다. 그 과정을 몇 번이고 겪으며 나는 위로의 역할이 나의 문제를 해결해주는 것은 아니라는 사실을 깨달아갔다.

다만 그것은, 내가 지치고 포기하는 순간에 기댈 곳이 있다는 기대와 희망을 손톱만 한 씨앗처럼 심어두고 지나가는 것이었다. 아직은 아니지만 여차하면 잠깐 마음의 문을 열고 무너질 곳이 있다는 최후의 보루 같은 것. 사소하게든 중요하게든 맡기고 기댈 곳이 있다는 건,

당장 사용하지는 않는 포인트처럼 마음을 든든하게 해준다.

특히 적당한 말이 없다면 차라리 말이 필요하지 않은 순간들이 좋았다. 그 뜻밖의 위로는 나의 상황을 손톱만큼도 이해하지 못하는 반려동물에게서 오기도 했다. 나를 지켜줄 만큼의 힘도 없고 나보다 몸집도 작으며 말도 못 하는 동물이 나를 기대게 해준다는 사실은 아마 겪어보지 않으면 알 수 없는 불가사의한 의지라고 나는 생각한다. 고양이 밥이 제임스 대신 해줄 수 있었던 건 아무것도 없지만, 밥이 없었다면 제임스는 그만큼의 희망을 발견할 수 없었을 것이다. 제임스는 얼마 안 되는 돈을 탈탈 털어 밥을 치료해주었지만, 밥도 나름대로의 방식으로 제임스를 구원했다.

아프게 얼려졌던 마음을 아릿하게 녹이는 건 무조건 '내 편'인 '너'의 다정한 체온이다. 어쩌면 그 목소리는 결국 나 자신의 것인지도 모른다. 어떤 가면도 없이 나 자신에 가장 가까운 내 모습을 늘 지켜보는 반려동물, 그들의 위로는 어쩌면 내 내면의 목소리일지도.

모두 외출하고 텅 빈 집, 나의 여운이 남아 있을 집 안에서 내 고양이는 종종 내 생각을 할 것이다. 내가 일에 바쁘고, 사람에 아파하는 내 내 고개를 갸웃하며 나를 지켜볼 것이다. 이렇게 작고 약한 너를 걱정시킬 수는 없지, 나는 사뭇 씩씩해지기로 해본다. 좋아하는 사람이 생기면 더 좋은 사람이 되고 싶은 것처럼, 약한 나를 위로해주는 너 때문에 나는 더 강해지고 싶어진다.

친한 길고양이가 작은 새나 쥐 같은 동물을 사냥해서 가져다주는 이유는 밥을 챙겨주는 것에 대한 보은이라고 많이 알려져 있지만, 사실은 사람을 '사냥 능력이 없는 덩치 큰 아기 고양이' 정도로 생각하기 때문이라고 한다. 쥐는 전혀 좋아하지 않지만, 어쨌든 고양이에게 평소에 잘해주면 나중에 굶어 죽지는 않을 것 같으니 고맙고 기쁘다. 그 마음은 확실히 안전하고 든든한 위로다.

아직은
머물고 싶은 세계

만화영화 뗄 나이는 지나도 한참 지났지만, 지브리 스튜디오의 애니메이션은 놓치지 않고 보는 편이다. 왜 영화관에서 돈을 내고 공포에 떨어야 하느냐는 지론의 나로서는, 두 시간 내내 온몸을 긴장해야 하는 스릴러나 공포영화보다 다채로운 색감의 향연을 즐길 수 있는 애니메이션이 더 취향에 가깝다. 그리고 그 안에서 고양이들의 마을 혹은 세계에 잠시 들어갔다 나오면, 길에서 우연히 만나는 길고양이 한 마리도 허투루 보이지 않는다.

🐾

20대 초반, 첫 일본 여행을 갔을 때 어디가 유명한 관광지고 어디가 맛집인지는 잘 몰랐지만 지브리 미술관은 한국에서 미리 예약까지 할 만큼 기대하고 갔다. 실내는 사진 촬영이 금지라서 지금은 뭐가 있었는지 가물가물하고, 그림이라고는 'ㄱ'도 모르는 나로서는 애니메이션의 탄생 과정이나 스케치가 별로 큰 의미도 없었지만 그래도 마음은 설레었다. 센과 치히로의 신비로운 세계나 하울의 거대한 성 안으로 나도 한 발짝 들어온 것 같은 기분이었다.

지브리 스튜디오의 애니메이션은 화려한 상상력과 색감으로 우리 눈을 사로잡는다. 일과에 지쳐 매일 초점을 잃어가는 나와 달리, 싱싱하고 생생한 눈동자를 빛내는 주인공 캐릭터들을 보고 있으면 역시 사랑하지 않을 수 없다. 지브리의 작품은 주로 자연이나 환경에 대한 메시지를 일부 담고 있는데, 그래서인지 주인공의 주변에서 퐁퐁 나타나 알게 모르게 도움을 주는 감초 같은 조연들은 사람이 아닐 때가 많다. 그건 때로 상상에나 나올 법한 말하는 허수아비일 때도 있고, 가오나시 같은 정체 모를 생명체(?)일 때도 있으며, 매력적인 고양이일 때도 있다.

고양이가 나오는 지브리의 대표작을 꼽으라면 〈고양이의 보은〉을 당연히 먼저 떠올리게 되겠지만, 이 작품에서 인상적으로 스토리를 이

끌어주는 정중하고 매너 있는 고양이 남작은 사실 〈귀를 기울이면〉
에 먼저 나온다.

소년과 소녀의 첫사랑을 그리고 있는 순수한 감정 흐름을 따라가다
보면 특별한 에피소드 없이도 정화되는 기분이 드는 작품. 이제는 도
서관이 모두 전산화되어 도서 카드가 없지만, (아마…… 나와 비슷한
나이대의 분들이라면) 책마다 꽂혀 있던 대여, 반납 기록 카드를 기억
할 것이다. 남들이 아무도 빌려가지 않은 새 책에 제일 먼저 내 이름
을 적는 것도 좋았지만, 슬쩍 마음에 두고 있던 친구의 이름이 적힌
도서 카드를 발견할 때면 왠지 통했다는 혼자만의 텔레파시에 기뻐
하기도 했다. 그 즈음의 첫사랑에 사랑이라는 이름을 붙여주기도 너
무 서툴고 민망하지만, 영화를 보고 있으면 역시 그 마음은 예쁘고
흐뭇하다는 생각이 든다.

🐾

중학교 3학년 문학소녀 시즈쿠는 도서관에서 늘 자신보다 먼저 책을
빌리는 세이지라는 이름을 도서 카드에서 발견하고 호기심을 갖게
된다. 그러던 어느 날, 시즈쿠는 지하철에서 혼자 탄 고양이를 발견

하고 그 고양이를 따라간다. 낯선 골목 모퉁이 몇 개를 돌아서 한 골동품 가게에 도착하는데, 이건 고양이가 이끌어준 우연일까? 이 골동품 가게 할아버지의 손자가 바로 도서 카드의 그 소년, 세이지다.

주인공을 어떤 새로운 세계로 이끌어가는 역할에 고양이만큼 어울리는 동물이 있을지 모르겠다. 고양이의 말 없는 눈빛 때문인지, 사뿐사뿐한 발걸음 때문인지, 고양이는 세계와 세계를 연결하는 매개체의 역할에 잘 어울리는 동물이다. 날렵하게 움직이는 고양이를 놓칠 듯 붙잡을 듯 아슬아슬하게 따라갔을 때, 고양이들만 알고 있는 묘한 무언가가 펼쳐질 것만 같은 상상을 하는 건 그리 어려운 일이 아니니까.

시즈쿠가 고양이를 따라가 도착한 골동품 가게에서 제일 먼저 시즈쿠의 눈길을 사로잡은 것이 바로 고양이 인형, 바론 남작이다. 여기까지 데려다준 살이 오른 고양이와 달리, 이 바론 남작은 멋진 정장 차림에 나비넥타이, 신사의 상징 같은 긴 지팡이까지 들고 있다. 바론 남작이 유리알 같은 눈을 반짝이는 이 멋진 골동품 가게에서 시즈쿠는 세이지와 친해지게 된다. 바이올린을 하겠다는 미래의 꿈을 확고하게 다지고 있는 세이지를 보며 시즈쿠는 자극을 받아 소설을 쓰

기로 결심한다.

두 소년 소녀의 만남과 흐름은 그야말로 성장 드라마답다. 세이지와 시즈쿠가 자신의 꿈과 앞으로의 길을 찾아가는 모습. 서로에게 좋은 자극제가 되고, 미래를 향한 다짐을 나누는 사이에는 눈물도, 좌절도, 상처도 있다. 그리고 그 성장 과정이 담백하지만은 않게끔 양념 역할을 해주는 것이 신비로운 인형 바론 남작이다. 할아버지의 첫사랑 이야기, 시즈쿠가 쓰는 소설, 그리고 바론 남작은 유기적으로 얽히며 전체 스토리에 매력적인 분위기를 불어넣는다.

등장은 〈귀를 기울이면〉에서 했지만 바론 남작의 본격적인 활약은 〈고양이의 보은〉에서 시작이다. 지브리 스튜디오의 또 다른 작품인 〈고양이의 보은〉은 평범한 고등학생 소녀 하루가 우연히 평범하지 않은 고양이 세계로 들어서는 모험 이야기다. 애묘인이라면 러닝 타임 내내 미소를 띠고 볼 만한 애니메이션인데, 이 작품에서는 고양이가 이끌어간 그들만의 세계를 실제로 구현해 보여준다.

어느 날 하루는 우연히 차에 치일 뻔한 고양이를 구해주게 되는데, 그 고양이는 다름 아닌 고양이 나라의 왕자였다. 고양이 왕자는 느닷없이 두 발로 일어서면서 정중하게 감사의 인사를 표하며 은혜를 갚겠다고 말하곤 사라진다. 그리고 얼마 후, 하루의 집 앞에 그녀를 고양이 나라로 데려가기 위해 고양이들이 모여든다. 본인의 의사는 상관없는 보은이라 다소 민폐지만 고양이들은 신경 쓰지 않는 것 같다. 〈귀를 기울이면〉에서와 달리 자의로 움직이는 것은 아니지만, 어쨌든 둘 다 고양이를 매개로 새로운 세상을 만나게 되는 셈이다.

고양이들이 하루의 집 앞에 선물을 잔뜩 내려놓고 가거나, 하루를 데려가기 위해 하나둘 모여든 모습은 마치 우리가 길고양이들을 두고 말하는 고양이 회의 모습과도 비슷하나. 영역 동물이지만 독립된 개체인 길고양이들이 어쩐 일인지 한곳에 와글와글 모여 있는 모습 말이다. 묘하게 그럴듯해 더욱 상상력을 자극하는 이 장면을 시작으로, 하루는 고양이들의 나라로 들어서게 된다. 그런데 역시 하루의 입장에서는 고양이들이 은혜를 안 갚는 편이 좋았다. 고양이 대왕은 하루를 왕자와 결혼시키려 계획을 꾸미는데, 그 과정에서 하루가 자신을 잃어가는 순간마다 외모가 고양이처럼 변해간다.

여기서 도움을 주는 것은 역시나 고양이 남작이다. 시크한 것 같으면서도 위기 상황에서 늘 배려 있게 하루를 구해주는 바론 남작은 그녀에게 '자신의 시간을 살라'고 조언한다. 이는 하루에게 가장 필요한 조언인 셈이다. 비단 고양이 나라에서 벗어나기 위한 것일 뿐 아니라, 그녀 자신의 원래 삶에 있어서도 말이다. 〈귀를 기울이면〉에서와 달리 실제로 살아 움직이며 가장 능동적인 역할을 보여주는 바론은 결과적으로 하루에게 가장 큰 영향을 미친다. 그리고 덕분에 현실로 돌아올 수 있었던 하루는 그의 말대로 무언가 깨달은 듯하다.

결국 고양이 왕자가 갚는다는 은혜는 좀 흐지부지되어버렸지만, 일본에서는 실제로 고양이를 은혜 갚는 동물로 여기는 인식이 있다고 한다. 실제로 캣맘, 캣대디들이 때때로 곤란한(?) 보은을 받기도 한다는 점을 생각해보면 그럴듯한 이야기다.

지브리 미술관 가는 길에는 토토로 표지판이나 예쁜 소품 가게들이 늘어서 있었다. 꼬리까지 아주 풍성한 털에 게으른 표정을 가진 한 고양이가 있는 소품 가게에서 나는 한참을 고민하다가 결국 고양이 책갈피를 샀다. 바론 남작처럼 멋진 고양이 모형은 아마 보나마나 비싸서 살 수도 없었겠지만, 작품 바깥의 어느 골동품 가게나 어느 공원의 모퉁이에서 한 번쯤 불쑥 마주쳤으면 좋겠다는 상상을 해본다.

지브리 스튜디오의 또 다른 작품에서, 혹은 우리의 상상과 꿈속 어딘
가에서, 그 멋진 모자를 쓰고 정중하게 인사를 건네온다면 아마 나는
덥석 그의 손을 붙잡고 반가워할 것 같다.

두 시간 동안 불 앞에서 우유를 끓여 밀크 잼을 만들고, 양파가 갈색
이 될 때까지 볶아 양파 수프를 만드는 귀찮음을 우리는 기꺼이 감내
한다. 먹는 시간의 몇 배가 걸리는 시간을 요리에 투자하고, 그 결과
물을 내놓고는 단숨에 행복해지고 마는 걸 생각하면 요리란 참으로
오묘한 과정이다. 모르긴 몰라도, 입맛에 맞는 간식을 내놓을 때까지
집사 앞에서 침묵의 시위만 하면 되는 고양이의 입장에서는 코웃음
칠 만한 일일 것이다. 하지만 고양이와 달리 우리는 그토록 시간과
정성을 들여야만 만족스러운 식사와 영혼의 충만을 얻어내는 복잡한
신세를 타고난 걸 어쩌겠는가.

일본 드라마 〈빵과 수프, 고양이와 함께하기 좋은 날〉은 아키코가 회사를 그만두고 돌아가신 어머니가 하던 식당을 카페로 만들어 요리를 하는 것에서부터 시작한다. 영화 〈카모메 식당〉을 좋아하는 사람이라면 고요하고 다정한 아키코의 일상에 마음이 이끌릴 것이다. 물론 달걀 샌드위치와 전갱이 튀김, 채소가 듬뿍 들어간 수프도 포함해서.

어머니의 빈 가게를 어떻게 할까 고민하다가, 직접 요리를 해보면 어떻겠느냐는 권유를 듣고 돌아오던 길에 아키코는 가게 앞에서 고양이 한 마리를 발견한다. 아키코가 인사를 건네며 쓰다듬자 고양이는 무심하게 냐아앙 소리만 한 번 내고 그녀의 손에 몸을 맡긴다. 처음 만난 사이인데 서먹하지도 않은지, 다음 장면에서 고양이는 이미 집 안에 들어와 오래전부터 그 집에 살았던 것처럼 편안하게 자리를 잡고 있다. 아키코는 고양이에게 먹을 것을 주고, 가만히 먹는 모습을 지켜본다. 자신이 준 음식을 누군가 맛있게 먹어준다는 것에 대해서, 이 순간 그녀는 되뇌어보았을지도 모르겠다.

아키코의 고민은 너무나 고요해서, 내면의 치열한 갈등을 가늠하기 어렵다. 하지만 그녀는 고민했을 것이다. 이제부터 어떻게 살아야 할지, 어머니가 돌아가시고 더 이상 가족은 아무도 없다. 게다가 회사에서의 부서 이동으로 하고 싶은 일을 더 이상 할 수 없게 되었다. 화면에서 격렬하게 그리고 있지는 않지만, 선택의 기로에 놓인 그녀의 갈등의 깊이를 우리는 짐작할 수 있다.

그녀에게 요리는 취미일 뿐, 좋아하긴 하지만 가게 운영은 해본 적도 없다. 하지만 동물을 키우지 않겠다는 결심이 무색하게 고양이가 어느새 그녀의 일상에 들어왔듯, 한참 망설였지만 아키코는 할 수 있는 일부터 해보기로 결심하고 카페를 연다.

회사를 그만두게 된 것은 그 자신에게 있어서 큰 결심이었겠지만, 그녀는 하소연하거나 두려워하지 않고 그저 묵묵히 그 길을 걸어간다. 아마 그녀의 인생에서 제2막이 시작된 시점일 것이다. 누구에게나 그런 때가 온다. 그녀의 표현대로 '자신도 세상도 바뀌는구나 싶은' 때를 만난 것이다. 앞에 놓인 길에 무엇이 기다리고 있는지는 아무도 모른다. 그저 올바른 신념을 갖고 자신이 믿고 있는 길로 걸어가는 것뿐이다.

사실 무난한 날들을 살아오는 동안에 고민과 결정은 나의 몫이 아닐 때가 많았다. 내 삶의 많은 부분이 비로소 나의 손에 주어졌을 때, 몇 번인가 치열한 고민을 해야만 하는 순간들을 맞닥뜨리며 나는 당황했다. 고민은 꺼내어놓으면 바스락거리는 마른 풀처럼 부산스러워졌고 내 안에 담고 있으면 물 먹은 솜처럼 무거워졌다. 고민을 마주하고 해결해나가는 과정이 누구나 아키코처럼 묵직하고 잔잔하기만 할 수는 없을 것이다. 아무리 시간이 지나도 일단 내 손 안에 쥐어진 문제는 결코 나를 그냥 지나쳐주지 않을 때가 많았다.

다만 온몸으로 마주하고 한 뼘씩이라도 움직이다 보면, 내가 그 일의 한복판에서 제대로 걸음을 밟아나가고 있는 순간이 온다. 누구나 자신만의 방법을 찾아내면 바뀌는 세상을 나름대로 견뎌갈 수 있을 것이다. 친구들 여럿을 모아 시끌벅적하게 고민거리를 떠들어보거나, 좋아하는 음식을 실컷 먹으며 용기를 얻거나, 혹은 잠시 우울감에 빠져 시들시들한 시간을 겪는 것이라도 괜찮다. 그리고 나면 아키코가 그랬듯, 이내 아무렇지 않은 일상이 된다. 그렇게 믿고 나아가는 수밖에 없다.

이제 그녀는 자신의 의지로 만들어낸 공간에서 사람들에게 음식을 나누어주고, 집에 돌아오면 고양이를 끌어안으며 "밥 먹을까?" 하고 말을 건넨다. 음식을 만들고 그것을 누군가가 먹어주는 것은, 그녀를 현실에 붙들어놓고 일상을 누리게끔 해주는 이 드라마의 가장 소중한 순간들이다. 아키코가 단정하게 요리해 혼자서 별 말도 없이 식사하는 장면은 자주 등장한다. 그저 밥을 먹을 뿐인 장면을 몰두해서보게 되는 이유는 맛있고 다양한 요리가 시선을 사로잡기 때문일 수도 있지만, 아마 그것이 일종의 소울푸드로 느껴지기 때문이 아닐까싶다.

마치 하루하루의 프레임을 마무리하듯, 자신만 알 수 있는 순간에 자신만 느낄 수 있는 맛으로 영혼과 대화를 나누는 시간. 그렇게 비로소 그녀는 '자신이 있어야 할 곳'에 제대로 존재하고 있다. 그리고 그발치에서 고양이는 고양이대로 밥을 먹거나 느긋하게 움직인다. 이제 둘이 같은 공간에 있는 모습은 아주 자연스러워 보인다. 아키코도고양이도 혼자였는데, 밥을 나눠 먹다 보니 어느새 둘이 되었다.

어쩌면 혼자라는 것이 반드시 쓸쓸한 것은 아니다. 아키코의 고요한세계 곳곳에는 다정하지 않더라도 올곧은 사람들이 있다. 그들은 하나의 장소에서 아키코의 빵과 수프를 먹으며 그곳의 공기를 공유한다. 아키코의 공간에는 소리가 많지 않지만 그렇다고 적막하지도 않다. 고양이의 소리가 그렇듯이, 그저 고양이가 곁에 있는 시간처럼.

하고 싶은 일, 잘하는 일, 원하는 일 앞에서 우리는 매순간 고민하고 결정을 해야만 한다. 아무 걱정 없는 것 같은 고양이의 나른한 몸짓이 부러울 때도 있다. 하지만 아키코의 고민은 치열하게 들끓지 않아, 도리어 같이 살고 있는 고양이와 비슷해 보인다.

생각해보면 고양이 같은 삶이란, 그저 아무렇지도 않은 삶이 아닐까? 사람은 '혼자였다가, 여럿이 있기도 하고, 해가 저물어 고요한 시간이 되면 또 아무 일 없었다는 듯이 잠이 들고' 그런 존재인 것이다. 그녀가 무심코 깨달았듯이. 살면서 때로는 힘든 일도 있지만 때로는 좋은 사람들을 만나기도 한다. 그러니 죽을 것처럼 괴로워하고 또 새로운 일에 대해 지레 걱정하기보다 그저 내 길을 담담하게 걷는 삶이면 된다.

이제 그녀의 '혼자'는 외롭지 않다. 어느 날 문득 그녀의 삶 한편에 자리 잡았던 고양이 타로는 처음에 왔을 때처럼 갑작스럽게 가출하고 말았는데, 이 드라마에서는 그조차 호들갑스럽지 않은 사건이다. 어쩌면 그걸 계기로 아키코는 다시 한 번 주변의 이들에 대해 생각해보게 되었고, 타로 역시 그저 타로답게 움직였을 뿐인지도 모르겠다. 하지만 고양이 타로의 그 뒤 행적이 궁금하다면? 드라마 속에서 직접 확인해보길 바란다.

특유의 잔잔함이 깔려 있는 이 드라마는 굳이 무언가를 강요하고 들려주려 하지 않는다는 점이 오히려 귀를 기울이게 만든다. 청결한 아침 햇살이 한 번 씻어내고 간 공간에서, 손으로 만지면 조용히 부스럭거리는 소리가 날 것 같은 이야기들. 그저 고양이와 함께하기 좋은 어느 날. 좋은 사람과 좋은 음식이 함께하는 시간. 거기에 맛있는 수프와 따뜻한 빵이 영혼을 덥혀주었으니 그 온기로 잠들면 그뿐이다.

PART 4

결국은 고양이게 답

훌쩍 자란
그녀들의 이야기

법적으로 성인이 되어 할 수 없는 일들이 줄어들자 모든 게 좋았다.
벚꽃 필 때 시험공부를 하지 않아도 된다는 점이 가장 좋았고, 맥주
를 즐길 수 있게 되었다는 건 인생의 히든카드나 다름없었다. 큰돈을
써서 여행을 가기 위해 누구의 허락을 맡을 필요도 없었고, 새 학기
마다 새로운 친구들을 사귀기 위해 초조해하지 않아도 되었고, 그리
고 매사에 상처받지 않기 위해 노력하던 학창시절과 달리 웬만한 일
에는 그다지 상처받지 않게 되었다.

🐾

졸업하고 직장에 들어가 처음으로 '~씨'라는 호칭으로 불렸을 때 내

이름이 아주 낯설게 들렸다. 마치 한 번도 들어본 적 없는 다른 사람의 이름 같았다. 한편으로는 서먹하면서도 미묘하게 들뜨기도 했다. 비로소 어른들의 세계에 완벽하게 발을 들였다는 감각 때문이었다. '~씨'라는 호칭이 붙었다는 건 드라마나 소설 속에서나 본 것처럼 나도 엄연한 사회의 구성원이 되었다는 말 같았다. 그게 그렇게 신나는 일은 아니라는 걸 눈치채지 못했던 것은, 그때의 내가 얼마나 어렸던가에 대한 반증이지만.

적성도, 업무도, 통근 거리도 고려하지 않고 고른 나의 첫 직장 생활이 성공적이었다고는 할 수 없었지만 이후 몇 번의 이직을 하며 '~씨'라는 호칭을 듣는 것도, 또 누구를 그렇게 부르는 것도 물 흐르듯 익숙한 일이 되어갔다. 처음에는 내 몸이 아니라 마치 코스프레를 하는 것 같아 어색했던 '팀장님' '과장님' '대표님' 등의 호칭으로 누굴 부르는 것도 마찬가지였다.

직장에 들어가기만 하면 내 삶이 그때부터 평탄한 길을 걸을 줄 알았지만, 직장생활에 익숙해지는가 싶으니 퇴사가 하고 싶고, 퇴사를 하니 또 새로운 일과 관계를 맺어가야 했다. 사회생활뿐 아니라 가정에서도 나는 누구의 아내, 며느리가 될 것이었고, 영영 내 엄마만의 고

유명사인 줄 알았던 엄마의 자리를 새로 차지하는 친구들도 생겼다. 그렇게 각자의 삶에서 각자의 역할을 수행하는 동안 친구들과 만나는 일이 점점 줄어들었고, 메일이나 메신저에서는 나를 '~씨' '~기자님' 등으로 부르는 연락이 훨씬 많아졌다.

학생 때 너무나 빠듯한 스케줄을 견뎌내야 했기 때문에 성인이 되어서는 오히려 자유로워졌다고 생각했다. 혼자의 판단으로 결정할 수 있는 일이 많아졌고, 그게 그렇게 홀가분할 수가 없었다. 하지만 그 자유 속에서 내가 스스로에게 부여해야 하는 규칙과 속박이 있었다. 이를테면 수업을 빼먹어도 별다른 일은 생기지 않았지만 직장을 무단결근하면 그 이후는 내가 책임져야 하니 내키는 대로 행동할 수는 없었다.

학교를 졸업하고 바깥세상으로 나오자 그 앞에 놓여 있는 건 어디로든 갈 수 있지만 어디도 편치 않은 길고양이 같은 삶이었다. 누가 나를 갑자기 발로 찰 수도 있고, 운 좋게 부드러운 손길로 쓰다듬어주는 사람을 만날 수도 있다. 당장 내일 어떤 사람을 만나게 되고 무슨 일이 생길지 몰라 나를 조금씩 단단하게 여미어야 했다.

어른이 된다는 건 이름이 많아지고 이름이 하나일 때보다 외로워지는 일이라는 것을 나는 조금씩 이해하게 되었다. 그 많은 자유를 누리면서도 우리가 어른이 되는 것을 유예시키고 싶어하는 데에는 나름대로 이유가 있었던 것이다. 역시 어른이 되는 건 피곤한 구석이 있다. 생각하고 계산해야 할 것이 너무 많고, 내가 책임져야 할 역할이 많아지는 만큼 자유로울 수가 없다.

루돌프는 집 밖으로 나가본 적 없는 까만 아기 고양이다. 하루는 넓은 세상에 대한 호기심으로 대문 밖을 슬쩍 나가본다는 게, 어쩌다 보니 웬 트럭에 올라타게 되었다. 한순간의 실수였지만, 그 트럭은 루돌프를 태운 채 밤새도록 달려서 전혀 새로운 도시에 도착하고 말았다. 그곳에서 루돌프는 길고양이 '많이 있어'를 만난다.

"넌 이름이 뭐냐?"
"난 루돌프……. 그쪽은요?"
"내 이름은…… 많이 있어."

이름이 많다는 대답을, 이름이 '많이 있어'라는 것으로 받아들여 이 영화의 제목은 '루돌프와 많이 있어'가 되었다. '많이 있어'라는 듣도 보도 못한 이름이 또 새로 생긴 보스 길고양이는 루돌프가 원래 집으로 돌아갈 때까지 곁에서 많은 걸 가르치고 돌봐준다. '많이 있어'도 원래는 집고양이였지만 주인이 미국으로 이민을 가며 혼자 남게 되었다는 사연이 나중에 밝혀진다.

루돌프는 어떻게 사람들에게 밥을 얻어먹을 수 있는지, 어떻게 미닫이문을 열 수 있는지, 심지어 글자를 어떻게 읽는지 등을 '많이 있어'에게 배운다. 그리고 우연히 뉴스를 보고 원래 살았던 동네가 어디인지 알아내지만, 우여곡절 끝에 찾아간 집에는 자신을 꼭 닮은 검은 아기 고양이가 살고 있다. 그 고양이의 이름도 '루돌프'다.

자신의 자리를 새로운 루돌프가 대체했다는 것을 알게 된 루돌프는 조용히 집을 나와 다시 길에서 만난 친구들에게로 돌아오고 만다. 결국 원래 있던 자리로 돌아가지 않고 길고양이로서의 삶을 선택한 것이다.

한편 주인을 찾아 미국으로 떠날 계획을 가지고 있던 '많이 있어'는 떠

날 필요가 없게 되었다. 원래 주인이 미국에서 다시 돌아왔기 때문이다. 키우던 고양이를 남겨두고 떠났지만 그리 야박한 사람은 아니었는지 그는 마당에 모인 길고양이 친구들을 모두 돌봐준다.

아기 고양이 루돌프가 애초에 세상 밖으로 나가지 않았다면 아마도 그의 삶은 완전히 달라졌을 것이다. 무엇보다 평생 상처받을 일 같은 건 없었을 테고, 몸집만 커진 아기 고양이로 평생을 살아도 괜찮았을 것이다. 그러나 집을 나온 루돌프에게도 어느덧 이름이 늘어났다. 누구는 까망이라고, 누구는 꼬맹이라고 그를 부른다.

이름이 많아지는 건 어른이 된다는 뜻이다. 그리고 나를 향한 다른 사람들의 기대치가 그만큼 다양해진다는 뜻이기도 하다. 직장에서의 나, 친구들과의 나, 가족들, 어른들을 대할 때의 나, 사랑하는 사람과 함께할 때의 나는 조금씩 다른 얼굴을 하고 있다. 누구를 만나느냐에 따라서 어떤 영역에서는 힘을 빼지만 또 다른 영역에 힘이 들어가야 할 때도 있다. 특히 아직 서로에 대해 모르는 낯선 사람을 만날 때면 재빨리 상대의 성향이나 역할에 맞춘 적절한 내가 튀어나올 수 있도록 항상 온몸을 긴장시키고 있어야 했다.

복잡하게 얽힌 거미줄 같은 사회 속에서는 호칭 하나, 말 한 마디도 실수해서는 곤란하다. 그 빼곡한 규칙 사이에서는 누구에게 마음을 열고 말랑한 채로 다가가는 게 결코 쉬운 일이 아니다. 어른이 되는 과정에서 우리는 몰라도 될 것을 잔뜩 알아버린다. 남들이 그렇게 세상을 알아가는 속도를 재빨리 따라잡지 않으면 뒤처지거나 유별난 사람이 된다. 그리고 그걸 극복하는 방법을 우린 이미 알고 있다. 적절한 가면을 또 하나 덧붙이는 것이다.

물론 어떨 때는 불편하지만, 마음의 연한 부분을 일부러 보여주고 다니지 않으면 그래도 사회의 틈에 몸을 구겨 넣으며 보통으로 살아갈 수 있다. 누군가 무심코 던진 돌멩이에 맞아 상처받았을 때는 아무렇지 않은 척하며 동굴 안에 숨어버리면 남늘에게 부끄러운 모습을 보이지 않아도 되었다. 억지로 밝은 얼굴을 하는 걸 들키거나 혹은 우울한 마음을 모두 드러내다간 우스운 꼴이 되기 십상이라는 걸 배웠던 것이다. '~씨'라는 어른의 호칭은 그런 뜻이었다. 맨 얼굴을 드러내면 너만 손해라는 뜻. 자유를 주는 대신에 다치지 않도록 알아서 조심하라는 뜻.

루돌프는 결국 아기처럼 응석 부리는 것만으로도 사랑받으며 살 수 있었던 이전의 삶으로는 돌아갈 수 없다. 하지만 그의 곁에 좋은 친구들이 많이 생겼으니, 아마도 어엿하게 잘 살아갈 수 있을 것이라는 생각이 든다. 그래도 누군가 이름을 불러준다는 건 우리가 이 네트워크 어딘가에 속해 있다는 뜻이기도 하니까.

어쩌면 루돌프는 스스로 상처를 딛고 어른이 되기를 택한 것일지도 모른다. 어차피 우리는 모두 집고양이로 태어나지만 세상에 나가 상처받으면서 점차 길고양이로 살아가게 되는 것 아닐까?

고양이를 키우는
단 한 가지 이유

강아지와 달리 고양이가 배변을 스스로 가리는 것은 사실이지만, 고양이를 키운다는 건 상상 이상의 번거로움이 따르는 일이다. 고양이 집사들이 고양이털이 '빠지는' 것이 아니라 '뿜는' 것이라고 표현하는 건 절대 과장이 아니다. 고양이에게서 뿜어져 나오는 어마어마한 털은 소파든 침대든 옷장이든 어디에서나 발견된다. 그 아름답고 날카로운 발톱으로부터 가구를 완벽하게 지킬 만한 근본적인 방법도 사실상 없다고 봐야 한다. 이 집은 내 것이 아니라 고양이 것이다, 라는 초월한 마인드를 가질 수 있게 되었을 때 비로소 평화는 온다.

🐾

친한 동생에게서 한밤중에 연락이 왔다. 길에서 다른 고양이들에게 쫓기고 있는 아기 고양이를 주웠는데(!) 엄마가 너무 싫어하시니 입양처를 찾을 때까지 맡아줄 수 있냐는 것이었다. '그래, 일단 언니가 내일 데리러 갈게. 걱정 말고 어서 자.' 톡을 보내놓고서 정작 내가 잠이 안 왔다. 이 고양이는 앞으로 어떻게 되어야 할까, 나를 임시 보호처로 거쳐서 다른 보금자리를 찾아갈 수 있을까? 아니면 이건 내가 키우게 될 거라는 묘연의 암시일까? 실은, 딱 한 달 전까지만 해도 반려동물 키우는 게 금지된 오피스텔 원룸에서 살고 있다가 막 아파트로 이사한 참이었다. 타이밍이 조금만 안 맞았어도 고양이를 맡아주는 건 불가능했을 것이다.

한편으론 다행스러운 일이기는 했지만, 어쨌든 갑작스러운 이야기라서 집에는 고양이에게 필요한 용품이 아무것도 없었다. 나는 다음 날 동생네 회사 앞으로 찾아가 한 손으로는 고양이를 받아들고, 다른 한 손에는 사료에 모래에 화장실까지 사서 끙끙 짊어진 채 집으로 돌아왔다. 1kg 남짓한 고양이에게 필요한 것들은 하나같이 어찌나 무거운지, 집에 와서 고양이와 물건들을 내려놓고 나니 어깨에 힘이 하나도 없었다.

고양이를 꼭 키우고 싶다거나, 혹은 절대 키울 수 없다는 생각을 딱히 하고 있던 건 아니었다. 독립하기 전에 집에서 10년 넘게 강아지를 키웠으니 반려동물과 함께하는 삶은 익숙했다. 다만 이사한 지 얼마 되지 않아 가구가 모두 새것이라 어느 정도는 깔끔한 상태로 유지하고 싶었고, 또 그 즈음 돈 들어가는 일이 많아 새 식구를 들이기는 경제적으로도 조금 부담스럽기는 했다. 동물을 좋아하기 때문에 오히려 고양이를 입양하기 위해 얼마나 많은 것을 고려하거나 혹은 각오해야 하는지 생각하지 않을 수 없었다. 그리고 무엇보다 고양이를 키워본 적이 없는, 그리고 그때 결혼을 약속했던 애인이 고양이를 키우는 일에 대해서 얼마나 잘 이해하고 있는지도 고민이었다.

하지만 결국 나를 거쳐 갈 뻔했던 그 고양이는 물 흐르듯 자연스럽게 내 고양이 제이가 되었다. 많은 고민이 있었지만 우리는 만날 때가 되어서 만난 것인지도 모르겠다는 생각이 들었다. 그렇게 내 일상에 고양이가 들어온 것은 기쁜 일이기도 했지만, 매일이 새롭고 놀라운 일의 연속이기도 했다. 반려동물 잡지 에디터로 일하면서 고양이의 습성을 충분히 공부했다고 생각했는데도, '실체'로서의 고양이는

내가 알던 고양이와는 또 달랐다.

기본적으로 실제로 살아 있는 아기 고양이는 결코 조용하거나 평화롭지 않았다. 집에 오자마자 당당하게 집 안을 한 바퀴 쭉 돌더니 이내 산 지 한 달도 안 된 새 패브릭 소파를 박박 긁기 시작했다. 나는 당장 쇼핑몰에 접속해 소파를 보호해줄 소파패드, 고양이 장난감과 식탁, 거금의 캣폴을 구매했다. 아직 캣폴에 뛰어오르는 것도 제대로 하지 못했던 그 자그마한 몸집의 고양이는, 며칠 후엔 어느새 우리 집에서 캣폴 빼고 제일 높은 곳인 책장 꼭대기를 정복했다. 길고양이라 혹시 모를 질병에 대한 초기 치료비용을 각오했는데 생각보다 꽤 건강한 아이라는 사실이 감사할 따름이었다.

아기 고양이 제이는 아침마다 밥을 내놓으라고 나를 깨우고 나서는 (새벽 6시에!) 잠도 덜 깬 나에게 장난감을 흔들라고 요구하고, 아직 몸집이 작아 점프 실력도 형편없는 주제에 노트북 위에서 놀다가 책상 위에서 미끄러지며 결국 내 다리에 긴 피의 흔적을 만들어내고야 말았다. 툭하면 조심성 없이 높은 곳을 올라가려다가 우당탕 책이나 에펠탑 모형 같은 것도 넘어뜨리기 일쑤였다.

아니, 무슨 고양이가 이래? 나는 절레절레 혀를 내둘렀다. 그럴 때마다 소품들의 자리를 바꿔 고양이 길을 만들어주느라 우리 집은 1.24kg짜리 아기 고양이의 뜻대로 재인테리어가 되어갔다. 모래가 떨어진 거실을 애써 못 본 척하다가도 별 수 없이 강제 부지런을 떨며 청소를 해야 했다. 한창 깨무는 나이라서인지 골골거리며 손길을 느끼다가도 문득 앞발로 손을 붙잡고 와앙 깨물어 비명을 지르게 하는 건 일상이었다. 자려고 불을 다 끄고 침대에 누웠다가, 내 얼굴 근처에서 제 꼬리를 잡고 놀던 고양이 발톱이 실수로 내 눈꺼풀을 스쳤을 때에는 벌떡 일어나 불을 켜고 영문 모르는 고양이를 노려봐야 했다. 하지만 그 녀석은 지칠 때쯤 또 조용히 내 다리 옆으로 와 몸을 붙이고 체온을 나누며 잠이 들어 있었다. 가히 천사 같은 얼굴로.

이 낯선 길고양이가 우리 집에 들어온 지 며칠 만에 내 일상은 고양이를 중심으로 돌아가기 시작했다. 아직 어리다 보니 어찌나 말이 많고 손이 많이 가는지, 고양이를 좋아하지 않는 사람이라면 고양이를 키우는 것은 불가능한 일일 거라고 나는 투덜거렸지만, 밤에는 얌전히 고양이님의 방석이자 베개가 되어드리며 부드러운 털의 감촉을 어느 정도 만끽하기도 했다.

결코 굴하지 않는 의지로 노트북 키보드에서 잠들어야만 하는 고양이가 너무 성가시다가도, 화장실 앞까지 졸졸 따라와 식빵 자세를 하고 기다리는 걸 보면 마음이 사르르 녹아내렸다. 비록 10초 전까지만 해도 발톱을 세우며 내 몸을 등반했지만, 순식간에 무릎 위로 자리를 옮겨 골골거리며 잠드는 걸 보고도 이 보드라운 털 뭉치를 사랑하지 않을 수는 없었다.

❤

어쨌든 아기 고양이란 이런 존재라는 걸 나는 곧 받아들였다. 아기 고양이는 '고양이'가 되려면 아직도 한참이나 남은, 그냥 생명력 넘치는 핏덩어리 같은 존재였다. 고양이가 잠든 사이 평화롭게 맥주를 홀짝이고 싶은 내 로망이 실현되려면 시간이 좀 필요할 것 같았다. 아직은 내가 뭐라도 먹으려 하면 무조건 자기 앞발부터 뻗고 보는 녀석이니까.

하지만 식물 돌보기도 잘 못해서 툭하면 선인장을 시들게 만드는 내가 이 천방지축 생명체를 잘 성장시킬 수 있을까, 문득문득 걱정스럽기도 했다. 이 작고 약한 동물의 보호자가 된다는 것은 내가 그만큼 강해져야 한다는 뜻이었다. 너무 별스러운 걱정 같긴 하지만, 특히 최근에 우리나라도 안전지대가 아니라는 것이 확인된 지진이라든가 휴전 국가로서의 전쟁 위험 같은, 내 힘으로 어찌할 수 없는 것들로 부터 고양이를 지킬 수 없을까 봐 그런 것들이 문득 두려워지기도 했다. 부모님들이 나를 키울 때 물가에 내놓은 아이처럼 잔소리를 했던 이유를, 내가 보호자 입장이 되고서야 조금 알 수 있었다.

〈고양이 사무라이〉라는 특이한 제목의 영화에는 늘 인상을 구기고 있는 무서운 얼굴의 사무라이 '마다라메 큐타로'가 나온다. 그가 살해 의뢰받은 고양이를 죽이기는커녕 보호하고 지키게 되는 과정은, 마치 내가 고양이 집사가 되는 일과도 비슷한 마음이었을지도 모르겠다.

그는 원래 있던 관직에서 쫓겨나는 바람에 아내와 딸을 고향에 남겨 두고 떠나 초라한 하루하루를 보내고 있는 사무라이다. 돈은 별로 없지만, 무인으로서의 자존심은 고수하고 있다. 그러다 어느 날 한 '살묘' 의뢰를 받게 된다. 이 일을 의뢰한 '애견가' 집안은 '애묘가' 집안과 30년 동안 개와 고양이처럼 으르렁거렸는데, 이번에 '애묘가' 집안의 고양이 '타마노조'를 살해해달라는 것이었다. 다 큰 어른들이

남의 집 고양이를 죽여달라는 둥, 30년 전에 저 집 고양이가 우리 집 강아지를 할퀴었다는 둥 싸우는 모습에 헛웃음이 나올 법도 하지만…… 그들은 진지하다.

비싼 의뢰비 덕분에 그는 마지못해 그 제안을 수락하지만, 그가 죽여야 했던 타마노조는 끊어진 목줄만 그 자리에 남겨둔 채 어느새 큐타로의 집에 와 있다. 그리고 타마노조는 아무래도 그 새로운 집이 싫지 않은 듯하다. 그 사건을 시작으로 두 집안의 다툼은 점차 복잡해지게 되고, 큐타로는 자신의 의지와 상관없이 두 집안의 갈등에 얽히게 된 것이다.

사무라이를 소재로 한 영화답게 종종 칼싸움이 일어나지만, 〈고양이 사무라이〉의 큐타로는 전설의 검객이라는 소문과 달리 사실은 평화주의자에 가깝다. 그는 고양이를 죽이지 않고 집으로 데려와 바깥으로 내보낸다. 죽일 생각은 없지만 그렇다고 키울 생각도 없다. 하지만 고양이는 자꾸만 큐타로에게로 돌아오고, 심지어 그의 집을 엉망으로 어질러놓기도 한다. 화를 낼 법도 한데 그는 어느새 고양이 먹이는 무엇을 줘야 하는지 험상궂은 얼굴로 고민하고 있다. 사고를 치고도 반짝이는 예쁜 눈으로 빤히 쳐다보는데 미워할 수도 없다. 결국 그는 여느 집사들의 전철을 밟고 마는 것이다. 자신도 모르는 사이에 그는 고양이의 보호자가 됐다. 그는 이제 집을 엉망으로 만들어놓거나 기껏 구워준 꽁치를 먹지 않아 속을 썩이는 고양이 타마노조를 지키기 위해 달린다.

큐타로는 확실히 강한 검객이지만, 함부로 칼을 뽑지는 않는다는 신념을 가지고 있다. 자신의 가족이 소중한 만큼, 누군가를 죽이면 그의 가족들이 슬퍼할 것을 알기 때문이다. 고향에서 떠나 홀로 기러기 아빠 생활을 하고 있는 그에게 소중한 것은 오로지 가족뿐이다. 그리고 고양이 타마노조는 아무도 모르는 사이에 큐타로의 가족이 되어버렸다. 나는 누군가를 내 애정의 울타리 안에 들이고 안전하고 행복하게 지키고 싶은 그 마음이 결국 세상을 조금 더 살기 좋게 바꾸어가는 것이라고 믿는다. 우리 모두는 누군가의 가족이고, 반려동물도 마찬가지다. 고양이 때문에 세계 평화를 지지하는 내 마음과 누군가의 가족이 슬퍼할 것을 생각해 함부로 사람을 죽이지 않는 큐타로의 마음에는 약간의 교집합 같은 것이 있지 않을까.

험악한 얼굴의 사무라이들이 툭하면 시비를 붙는 두 가문의 싸움이 계속되는 이 영화는 결국 '동물에게는 해코지해서는 안 된다'는 논리로 귀결되며 보송보송하게 마무리된다. 사람은 공격해도 자기네 동물은 소중하게 여기는 두 집안의 공통된 입장 덕분에, 사람 싸움에 동물이 피를 보는 불편한 장면은 전혀 연출되지 않는다. 타마노조는 사무라이 큐타로의 품에 편안한 듯 안겨서 졸린 눈을 깜박이고 있다.

고양이를 키울 수 없는 성가신 이유는 수십 가지를 늘어놓을 수 있지만 결국 고양이를 키우는 이유는 딱 한 가지, 가족이 되어버렸기 때문이다. 고양이는 자신이 선택한 사람을 기어이 집사로 바꾸어놓는 강력한 힘을 가지고 있다. 그저 약하고 귀엽다는 이유로 발톱 공격과 거실의 사막화를 용서받을 수 있다니, 고양이는 우리에게 대체 무슨 마법을 거는 걸까.

간절히 원하는 눈빛이면
만사 OK

고양이는 날렵한 움직임과 날카로운 발톱으로 야생에서는 꽤 유능한 사냥꾼이었을 것이다. 가끔 집에서 날아다니는 벌레를 앞발로 탁 때려잡는 모습을 보면 내심 든든한 기분이 들 때도 있다. 하지만 고양이들은 사람을 상대로 사냥꾼으로서의 장기를 선보일 필요가 없다. 눈을 꽉 채울 만큼 동그랗게 커진 새까만 눈동자만으로도 절로 무장해제가 돼버리니까. 고양이는 항상 원하는 걸 얻어낸다. 심지어 원하기만 하면 사람이 자발적으로 하게 만든다. 고양이가 이렇게 위험한 동물이다.

🐾

'장화 신은 고양이'는 어릴 적에 읽었던 오래된 동화다. 아버지가 아들 셋에게 유산을 남겨주는데, 그중 막내아들에게는 고양이 한 마리밖에 주지 않는다. 고양이는 상심한 막내아들에게 장화를 하나 사달라고 부탁한다. 그리고 그 장화를 신고 각종 활약을 하여 마침내 자신의 주인을 공주와 결혼하게 만든다. 고양이에게 장화를 하나 사준 것만으로 막내아들은 평생 아름다운 아내와 함께 풍요롭게 먹고 살수 있게 된 것이다. 여태까지 고양이의 지능은 개보다 낮다고 알려져 있었으나, 얼마 전에 그건 개의 행동 방식을 기준으로 지능을 측정했기 때문이라는 사실이 밝혀졌다. 사실 고양이는 이렇게 영리하다.

어쨌든 장화 신은 고양이는 그 후로 '오래오래 행복하게 살았어야' 한다. 그런데 엄청난 칼 솜씨를 연마해서 스크린으로 다시 튀어나왔다. '장화 신은 고양이'는 이제 동화를 기억하는 사람들보다, 어쩌면 〈슈렉〉에 나온 캐릭터를 기억하는 사람들이 더 많을지도 모르겠다. 찹쌀떡 같은 앞발에 모자를 꼬옥 쥔 채 아련아련한 눈망울로 상대방을 KO시키고 마는 그 귀여운 얼굴 말이다.

〈슈렉〉에 나온 장화 신은 고양이의 인기가 높아지자 아예 그 캐릭터를 주인공으로 해서 새롭게 나온 영화가 바로 〈장화 신은 고양이〉다.

스토리상 〈슈렉〉과의 접점은 없지만(물론 동화와도 상관이 없다), 고양이의 멋진 부츠와 무적의 까만 동공은 똑같다.

굳이 따지자면 이 영화의 장화 신은 고양이 '푸스'는 도둑고양이다. 동화 '잭과 콩나무'에 나오는 바로 그 마법 콩을 훔치는 것이 어릴 적부터 품어온 오랜 꿈이었다. 푸스는 어린 시절을 보낸 고아원을 떠난 뒤로부터 7년이나 지난 다음 옛 친구인 달걀생명체 '험티', 또 다른 여자 도둑고양이 '키티'를 만나 본격적인 모험을 시작한다. 그리고 마침내 악당으로부터 마법 콩을 훔친 다음, 나무를 타고 구름 위로 올라가 이번에는 황금 알을 낳는 거위를 훔치는 데 성공한다. 엄밀히 따지자면 사리사욕을 위한 것은 아니고, 어릴 적 친구 험티가 저지른 도둑질을 만회하기 위해서다. 당시 믿었던 친구의 잘못 때문에 어릴 적 마을의 영웅이었던 푸스의 삶은 이래저래 꼬여버렸다. 잘못을 덮기 위해 더 큰 잘못을 저지르게 되고, 오해는 또 다른 오해를 낳았다.

순진한 눈망울로 꽥꽥거리는 아기 오리를 훔쳐 달아난 것이 어째 찜찜하다 싶더니만, 역시나 반전이 있었다. 아직도 정신을 못 차린 악당 험티는 푸스를 이용한 것뿐이었고, 게다가 믿었던 키티마저 한패였다. 푸스는 배신당한 충격에 빠진 채, 결국 혼자 어릴 적 험티가 저

지른 은행털이 죄를 뒤집어쓰고 감옥에 갇히고 만다.

한편 거짓말을 밥 먹듯이 하는 험티에게도 나름대로의 트라우마는 있었다. 마을 사람들에게 주목받으며 영웅 대접을 받는 친구 푸스에게 밀려 소외감을 느끼고 더욱 삐뚤어졌는데, 결정적인 위기의 순간에 푸스가 자신을 버리고 갔다고 생각했던 것이다. 또한 고양이 키티는 원래 키우던 주인이 커튼을 좀 긁었다는 이유로 발톱을 뽑아버려서 무기 없는 부드러운 앞발로 도둑질을 시작하게 되었다고 고백한다.

우리 고양이들은 푸스 일행만큼 엄청난 걸 훔치지는 않지만, 고양이가 사고를 치지 않는 얌전한 동물이라는 것은 착각이다. 외출하고 돌아와 현관문을 열었을 때 과일 껍질에 두루마리 휴지가 엉망으로 어질러져 있는 집에는 왠지 강아지가 있을 것 같지만, 고양이도 생각보다 만만치 않다. 자기 전에 식탁이나 테이블 위에 있는 물건들은 치운다고 치우는데도 밤마다 우다다 뛰어다니느라 툭하면 뭐가 쨍그랑 꽈당 하고 떨어지는 소리가 들린다. 나가보면 보통 냄비받침이나 미니 캔들이다.

우리 집 고양이 아리는 내 무릎 위나 배에 올라오는 것을 좋아해서 내가 침대나 소파에 앉으면 거의 98.5%의 확률로 뛰어 올라온다. 무겁지만 할 수 없이 아리 전용 방석이 되어 덥고 답답해도 꼼짝 않고 나의 역할을 수행하고 있는데, 얼마 전에는 털을 쓰다듬는 내 손길에 뭐가 짜증이 났는지 갑자기 '하악' 하고 화를 냈다. 그러곤 내 얼굴 앞에 그 솜방망이 같은 보드라운 앞발을 복싱 선수처럼 휘두르며 날 위협하는 것이었다. 4kg 넘는 털뭉치를 배 위에 올려놓고 숨 막혀 답답한 건 난데, 왜! 네가 왜 화를 내!

그래도 양심은 있는지 얼굴을 진짜 때리지는 않고 그냥 얼굴 앞에서 주먹을 쥐고 날 위협만 했다. 그러고는 약 10분 후…… 생각해보니 자기가 좀 예민했다 싶은지, 다시 무릎 위로 올라와 아까의 나는 내가 아니었다는 너그러운 표정을 짓는 것이다. 그러면 나는 입술을 삐죽이면서도 다시 얌전한 방석 역할을 수행한다. 잠이 그렇게 많지만 않았어도 고양이들은 정말 세계를 정복했을 것이다.

장화 신은 고양이 일행은 그 후로 동화답게 개과천선하고 비로소 정말 '앞으로 오래오래 행복하게 살' 것 같은 미래를 암시하며 멋진 모험을 마무리한다. 배신이 난무하기는 했지만 진심은 통하는 것이라는 교훈을 남긴 채.

재미있는 건 부츠를 신고 다니고 칼을 휘두르는 그들이 고양이로서의 특징은 고스란히 간직하고 있다는 점이다. 펍에서 멋지게 폼을 잡고 무게 있는 목소리로 우유를 주문한 푸스는 혓바닥으로 할짝할짝 우유를 마시고, 키티는 목에서 헤어볼을 토할 것 같다며 일찍 잠자리에 든다. 7년이 흘렀으니 고양이 나이로는 35년이 지난 것이나 마찬가지라며 시간을 셈하기도 한다.

한창 진지하게 모험에 임하다가 고양이 세수를 하거나 '미야옹' 하고 우는 모습을 보면 의인화된 연출에 몰입했다가도 어이없는 웃음이 터져 나올 수밖에 없다. 게다가 말썽을 부리고 감옥에 갇혀도 그 새까만 눈동자로 호소하듯 올려다보며 잘못을 무마하려는 영악함이 아주 고양이스럽다. 아무리 진지하고 심각해도, 마을을 위험에 빠뜨렸어도, 아무튼 귀여운 고양이에게는 모든 게 용서되는 법이니까.

고양이들은 가끔 눈을 가늘게 뜨고 생각에 잠긴 듯한 얼굴을 한다. 뭘 진지하게 고민하나 싶을 때쯤 느닷없이 '냐앙' 하고 울면서 몸을 발라당 뒤집는다. 보통 고양이가 배를 보여주는 이유는 그저 편안함과 애정의 표시일 뿐 만지라는 허락은 아니라고 하는데, 우리 집 아리는 배를 쓰다듬어도 아무 생각 없이 이리저리 뒹구르르 몸만 굴린다. 참 바보 같긴 하지만 어쨌든 길고양이 시절에는 거리에서 이렇게 발라당 배를 까고 눕진 않았겠지. 벌거벗은 임금님 같은 아리의 명청한 얼굴을 세상에서 제일 잘 아는 건 바로 나라는 자부심에 또 게으른 하루가 보람차게 간다.

친구가 신혼여행으로 파리를 가려고 하는데, 파리에 갔다 온 사람들마다 파리가 별로라고 초를 친다며 투덜거렸다. 나는 '신혼여행으로 파리를 가려고'까지 듣고 방금 막 '파리? 근데 거기는 생각보다 별로……'라고 목구멍까지 튀어나올 뻔한 말을 조용히 누르며 입을 다물었다. 하기야 여행은 가는 사람마다 감흥이 다르기 마련이다. 가지 않으면 어차피 궁금하고 후회될 테다. 내 예상과는 여러모로 달랐던 파리에서 느낀 이중적인 모습은 그저 내 기억 속 저편에만 묻어두는 게 나을지도 모른다.

유럽 여행에 대한 로망을 그려볼 때 파리를 빼놓고 논하는 사람이 얼마나 있을까. 나의 첫 유럽여행도 파리의 샤를드골 공항에서 시작되었다. 오후에 비가 왔는지, 저녁 무렵에 도착한 파리는 온 도시가 축축하게 비에 젖어 다소 무채색으로 보였다. 낭만적인 것 같으면서도 무뚝뚝한 거리를 걸어 자그마한 숙소에 도착했고, 그때까지도 내가 파리에 발을 디뎠다는 사실이 좀처럼 실감나지 않았다. 15시간 동안 비행기를 타고 지구 반대편으로 날다 보면 시간이나 위치에 대한 관념이 싹 사라진다. 물리적으로 하늘을 날아 도착한 게 아니라 공간이

동 기계를 통해 왔다고 해도 믿을 수 있을 것 같다. 내일 아침에 일어나면 현실감을 되찾고 이 낯선 대륙에서 기다리고 있던 나의 로망을 하나씩 누려볼 수 있겠지, 그런 기대감을 안고 첫날 밤을 보냈다.

다음 날에도 하늘이 개지 않았다. 촉촉한 눈망울로 감상에 잠겨 산책할 수 있을 줄 알았던 센 강의 다리에는 수많은 국적의 커플들이 남겼을 자물쇠가 빼곡했다. 그 쨍한 색감의 자물쇠 뭉치를 바라보며 한국인으로서 남산을 떠올리는 건 너무나 자연스러운 흐름이었을 것이다.

나는 파리의 상징이나 다름없는 에펠탑을 밤에만 보기 아까워서 다음 날 낮에 또 갔다. 'Eiffel Tower'라는 와이파이 신호가 휴대폰에 떴다. 실제로 연결은 잘되지 않았지만 에펠탑의 와이파이 범위에 들어왔다는 사실 자체가 신기해서 그 화면을 캡처했다. 다만 잔디밭에 돗자리라도 깔고 노닥거리기에는 관광객이 너무 많았고, 에펠탑이 보이는 전망대에서는 누가 자꾸 나한테 열쇠고리를 팔려고 했다.

외국의 랜드마크보다는 그 나라의 튀김이나 케이크에 더 관심이 많은 취향이지만 파리에서는 웬만하면 내가 알고 있는 유명한 장소를

다 들러보며 알차게 관광을 했다. 그 탓에 제일 현장감 있게 느꼈던 건 파리의 교통수단이 너무 지저분하다는 점이었다. 여행 갔던 모든 도시의 주된 교통수단은 뭐였는지도 대부분 다 잊어버렸지만 파리의 지하철에서 얼마나 냄새가 많이 났는지는 아직도 기억이 난다. 정말 한국의 쾌적함과는 비교가 되지 않았다.

물론 나의 첫 파리 여행이 소소한 실망의 연속이었다는 점은 파리의 잘못이 아니다. 만나보지도 않은 도시의 그림을 내 멋대로 그려놓고, 나의 꿈이 현실에 고스란히 놓여 있길 바랐던 지나친 낙관이 문제였다.

파리를 배경으로 한 애니메이션 영화, 〈파리의 도둑고양이〉의 줄거리는 아주 간단하다. 고양이 '디노'는 낮과 밤이 다른 이중생활을 하고 있다. 아빠가 갱단에게 살해된 충격으로 실어증에 빠진 소녀 '조이'의 곁에서 낮에는 느긋하게 지내고, 밤에는 담벼락을 타고 다른 집으로 건너가 의로운 도둑 '니코'와 함께 부자들의 보물을 훔치러 다닌다. 그러다 어느 날, 밤마다 사라지는 고양이가 어디를 가는지

궁금해진 조이가 디노를 따라 나서고, 우연히 아빠를 죽인 갱단이 범죄 계획을 짜고 있는 현장을 발견하고 만다. 조이의 엄마는 갱단을 추적하는 경찰이라 조이를 보살펴줄 보모를 고용했는데, 사실 보모가 갱단의 일행이었다는 사실도 밝혀진다. 그렇게 조이를 납치하려는 갱단과 조이를 구해주려는 니코 사이에서 숨 가쁜 추격전이 벌어진다. 그 배경이 바로 로맨틱한 파리의 밤거리, 사실상 밤하늘을 배경으로 한 지붕 위다. 저기 멀리에 에펠탑도 슬쩍 보인다.

조이는 단짝친구 디노가 밤에는 날렵하게 지붕 사이를 날아다녔다는 비밀을 알고 난 직후에 그 갱단과의 추격전에 휘말린다. 영화에서는 구렁이 담 넘어가듯 그냥 지나가는 장면이지만 어쩌면 조이는 디노의 이중생활을 발견히고 깜짝 놀라지 않았을까? 내 고양이에 대해 속속히 안다고 생각하는 것이 어쩌면 집사의 착각인 걸까? 아마 조이도 늘 게으르게 누워 있는 디노가 그렇게 재빠르고 영리한 고양이인 줄은 몰랐을 것이다. 내 고양이가 밤에는 다른 사람의 단짝이었다는 사실이 나라면 무척 충격적일 것 같은데, 그래도 그 니코와 디노 콤비의 도움으로 조이는 무사히 엄마 품에 돌아올 수 있게 된다.

하기야 품에 쏙 들어오는 작은 고양이에게도 이중적인 생활이 있는

데, 아무렴 파리에게는 얼마나 많은 얼굴이 있겠는가. 고양이 디노
가 파리의 낮과 밤을 다르게 즐겼듯이 파리는 내가 짐작했던 모습과
는 조금 달랐다. 하지만 내가 본 파리는 물론 아주 일부에 불과할 것
이다.

사실 파리에서의 어느 아침, 한 15초 정도 얼굴을 마주쳤던 모르는
외국인의 얼굴이 기억난다. 평소보다 일찍 잠이 깨어 숙소 근처에 있
는 카페 창가 자리에 앉아 커피를 시켰다. 외국에서는 '아메리카노'
라는 주문이 통하지 않는다지만 그것도 옛말인지 '유 노우 아메리카
노?' 하면 요즘엔 다 알아듣는 것 같다. 커피를 앞에 놓고 잠이 아직
덜 깬 나는 적막한 아침 거리를 물끄러미 보고 있었다. 그러다 아무
생각 없이 카메라를 들고 렌즈를 통해 구도를 찾고 있는데, 갑자기
카메라 뷰파인더 속으로 웬 외국인 얼굴이 불쑥 들어왔다. 카메라를
떼고 쳐다보니 지나가던 아저씨가 활짝 웃으면서 평범한 동네의 아
침 풍경을 찍고 있는 관광객에게 손을 흔들고 있었다. 뜬금없고 짧은
인사였지만 그 아저씨의 사심 없는 미소는 파리의 차가운 거리와 함
께 또렷하게 기억에 남아 있다.

그래, 그리고 보니 어둠이 내리깔린 샹젤리제 거리의 개선문과 에펠

탑도 무척 멋졌다. 개선문에서 이어지는 샹젤리제 거리에서 파는 것 중에는 살 수 있는 게 거의 없는 가난한 여행자였지만 그 반짝거리는 커다란 건축물은 도시의 에너지를 응축시킨 듯 나를 압도했다. 몽마르트르 언덕의 고즈넉한 골목길을 들여다보는 것도 좋았다. 운동화를 신고 있어도 또닥또닥 소리가 나는 돌길과 그날 유난히 낮게 깔렸던 구름 너머를 눈 가늘게 뜨고 살펴보는 것도 참 근사한 기분이었다.

많은 사람들이 고양이는 주인도 못 알아보고 도도하지 않느냐고 묻지만 집사들은 그 이면에 있는 사랑스러움을 안다. 집을 오래 비우면 왜 이제 오느냐는 듯 현관으로 달려 나와 몸을 비비는 모습, 내 손에 제 얼굴을 턱턱 비비는 적극적인 애정 표현, 열 받을 땐 짜증도 냈다가 금방 미안한 듯 다가와 친한 척하는 뻔뻔함, 이름을 부르면 '냐앙' 하고 대답하거나 꼬리라도 파닥거려서 '듣고 있다'는 표시를 하며 나름대로 대화하는 순간들……. 고양이와 살지 않으면 전혀 몰랐을 모습들이고, 친구들이 놀러 와도 내 맘대로 보여줄 수가 없는, 나와 둘이 있을 때만 가장 편하게 교감하는 모습들이다.

그러니까 고양이도, 도시도, 그리고 사람도 섣불리 판단하지는 말아야겠다는 생각을 새삼스럽게 한다. 그리고 내가 발견하지 못한 파리를 발견하기 위해 언젠가 한 번은 다시 그 도시에 가보고 싶다. 뭐, 이러니저러니 해도 지금 우리 집 냉장고에는 에펠탑이 그려진 자석이 두 개나 붙어 있다.

의외로 고양이는 자기 의사 표현을 아주 정확하게 하는 동물이다. 강
아지도 15년 동안 키워본 개인적인 경험으로는, 강아지보다도 1.7배
정도는 더 또렷하게 표현하는 것 같다. 무슨 말을 하는지 정확하게
듣고 재빨리 요구를 충족시켜주는 것이 집사로서의 내 역할인 셈이
다. 고양이도 나름대로의 고충과 불만이 있기야 하겠지만, 부지런한
집사를 만난다면 고양이로 사는 것도 그리 나쁘지 않을지도 모르겠
다. 그런 의미에서 게으른 집사인 내 고양이들의 만족감은 어떨지 불
안하지만……

동갑내기 친구들 중에서 가장 일찍 결혼한 친구 D가 얼마 전에 아기를 낳았다. D는 내가 신입 에디터로 일하던 회사의 신입 디자이너였다. 우리는 스물 서넛쯤 되는 나이에 만난 셈인데, 빠른 생일이지만 같은 학번인 D를 내가 너그럽게(?) 친구로 인정한 덕분에 퇴사 이후에도 지금까지 그 인연을 이어오고 있다. 당시에는 우리 둘 다 강아지를 키웠다. 회사에는 강아지 파와 고양이 파가 나뉘어 있었는데, 우린 당연히 '고양이보다는 역시 강아지!'라고 편을 맺어 주장하곤 했다(신입 시절이라 대놓고 하진 못했고, 둘이서만 속닥거렸다). D는 그후 5년쯤 지나 병든 고양이 한 마리를 주워오더니 치료해서 입양 보낸 뒤 한동안 그리움의 후유증에 시달렸다. 말할 것도 없이, 나는 그때 이미 두 마리 고양이의 집사가 되어 있었다. 사람 일은 한 치 앞을 모르니 항상 말을 조심해야 한다.

어쨌든 내가 고양이와 동거하게 된 그 몇 년 사이에 D는 어엿한 아기 엄마가 됐다. 아기라니, 사람의 형태를 하고 있지만 손발이 못 믿을 만큼 자그마하고 피부가 쫀득쫀득한, 그야말로 새로운 생명이 친구의 배 속에서 자라났다는 것이 새삼 놀라웠다. 아기를 낳고 키우는 것은 아직 주변에서 많이 겪지 못한 생소한 경험이라, 옆에서 지켜만 봐도 모든 과정이 조심스럽고 새로웠다. 아기를 키운다는 건 엄마로서 신체 변화부터 정신적인 변화까지, 삶의 모든 요소들을 재배치하고 새로 배워가는 일이었다.

그런데 아기를 키우기 시작한 친구의 경험들이 왠지 낯설지만은 않았다. 병원에 데려갔는데 의사 선생님이 말 못하는 아기를 너무 투박하게 대해서 마음이 안 좋았다는 이야기부터, 아기의 몸짓이나 우는 타이밍들을 잘 살펴서 원하는 것이 뭔지 충족시켜줘야 한다는 것까지, 친구가 겪는 새로운 육아 세계에 대한 이야기를 들으니 우습게도 자꾸 고양이를 키우는 것과 비슷하게 느껴지는 것이었다. 물론 실제 어려움이나 에너지의 강도는 비교할 수 없겠지만, '어? 맞아, 나도 그랬어!' 같은 맞장구가 자꾸 튀어나오고 말았다.

아기 고양이는 두 달만 지나도 걷고 뛰는데 아기가 걷고 뛰는 데는 2, 3년이 걸린다는 결정적인 차이점이 있긴 하시만, 고양이를 키우는 건 어찌 보면 아기를 키우는 것과도 비슷한 면모가 있었다. 생명을 대하는 방법을 처음으로 배우고 하나하나 적용시키는 과정이 그렇고, 천방지축 날뛰는 캣초딩 시절이 괴로우면서도 매일이 다르게 훌쩍 자라는 게 아쉬운 마음이 그렇고, 이 작은 생명이 나의 보호하에 살아가고 있다는 새삼스러운 놀라움과 묵직한 책임감이 그랬다.

그리고 가장 놀라운 건, 내가 돌보고 키우는 그 작은 존재가 가끔은 나를 위해서 더 많은 것을 해준다는 점이다. 부모가 자식을 키우는 게 아니라 자식이 부모를 키운다고들 한다. 나는 아기를 낳아본 적도, 키워본 적도 없지만 막연하게나마 그게 무슨 말인지 알 것도 같다. 내 품에 고양이를 안고 있을 때 고양이에게 안겨 있는 느낌이 들고, 자력으로는 일어설 수 없을 것 같은 순간에도 나는 내 작은 동물을 위해 움직일 힘만큼은 어떻게든 끄집어냈다.

아마 영화 〈미스터 캣〉의 아빠 '톰 브랜드'도 깨달았을 것이다. 가족들을 지키는 울타리로서 아빠가 하고 있다고 믿었던 일보다, 오히려 고양이가 되어 할 수 있었던 일이 더 많았는지도 모른다는 것을.

북미에서 가장 높은 건물을 짓고 싶어하는, 성공한 CEO 톰 브랜드는 사업가로서 늘 바쁜 일과를 보내느라 사랑하는 딸의 생일도 제대로 기억하지 못한다. 일과 가정의 균형을 잡는 것이 너무 어려운 일인 것은 사실이지만, 전 세계 아빠들이 흔히 하는 실수인 것 같다. 일에 몰두하느라 정말 소중한 사람들과의 소중한 순간들을 흘려보내는 것.

하지만 딸 '레베카'가 이번 생일에는 꼭 '고양이'를 선물로 받고 싶다고 말하자 그는 마지못해 한 골목의 의심스러운 펫숍으로 향한다. 펫숍의 주인은 '당신이 고양이를 고르는 게 아니라 고양이가 당신을 고르는 것'이라는 조언과 함께, 한 털북숭이 고양이를 그에게 안겨준다. 그런데 고양이를 데리고 돌아오는 길, 예기치 못한 한순간의 사고 후 눈을 뜬 톰 브랜드는 갑자기 고양이가 되어 있다.

사람으로서의 몸은 병원에 혼수상태로 누워 있고, 실제로는 고양이가 된 톰 브랜드는 어쨌든 딸 레베카의 생일 선물로 안겨진다. 하지만 아직 자신이 고양이로 변했다는 현실을 받아들일 수 없는 아빠는 집에서 내내 사고만 친다. 고양이 밥은 안 먹고 비싼 위스키를 따라 먹고는 취해서 비틀거린다. 기가 막힌 일이지만 여태껏 가족을 위해 일한다고 믿었던 아빠는 이제 가족들의 돌봄이 필요한 입장이고, 심지어 가족들의 속을 썩이는 천덕꾸러기 신세가 된 것이다. 이제 그는 사무실이나 회의실이 아니라 딸내미의 아기자기한 분홍색 방에 앉아 풍선을 날리거나 춤을 춘다. 고양이가 되어 이제 북미에서 가장 높은 건물을 지을 필요가 없기 때문에 그는 이제 시간이 좀 남는다.

대신 회사에서 벌어지고 있는 음모를 해결하는 것은 못 미더운 줄로만 알았던 그의 아들이다. 고양이가 된 톰 브랜드는 무엇을 할 수 있는 힘이 아무것도 없는 탓에 아빠가 고양이라는 것을 눈치챈 딸의 도움을 받아야 하며, 뜻밖에도 아들의 힘으로 위기를 이겨낸다. 매일 화를 내며 사무실 복도를 걸어 다니는 CEO 톰 브랜드였다면 상상도 못했을 일, 오히려 그가 고양이였기 때문에 가능한 일이었을 것이다.

🐾

사실 고양이에게도 고양이라서 할 수 있는 일이 있다. 혼자서는 몸을 뒤집지도 못하는 아기가 다 큰 부모의 인생을 온통 뒤바꿔놓는 것과 어쩌면 비슷하지 않을까? 최근 몇 년 동안 내 마음을 가장 많이 흔들고 움직인 것도 그 꼬리만 긴 자그마한 생명체였다.

고양이와 함께 살면서 가장 놀라웠던 건 우리가 서로에 대해서 잘 알게 되었다는 점이다. 종도 다르고, '야옹' 아니면 '냐아아아아아옹!' 정도로만 말하는 고양이와 무슨 말이 통했겠는가. 길에서 늘 경계하는 삶을 살았던 두 고양이는 아마 처음에는 내가 적인지 아군인지도 몰랐을 것이다. 특히 유기묘였던 아리는 초반엔 항상 눈을 동그랗게 크게 뜨고 몸을 반쯤 소파나 침대 밑에 밀어 넣고 있었다.

그 작은 동물이 어느덧 내 손에 자신의 온몸을 맡기는 것은 아주 신비로운 경험이었다. 발라당 배를 까고 뒤집어 눕기도 하고, 내 손가락으로 살살 눈곱을 떼도 얌전히 기다린다. 고양이가 짜증을 내거나 사고를 치면 나는 그 이유가 무엇인지 먼저 찾는다. 이제 고양이들은 내가 같은 편이라는 걸 안다. 나는 우리 고양이의 '야옹' 뉘앙스를 통해 무슨 말을 하고 싶은지 대충 이해한다. 우리는 말보다 더 많은 걸 공유하고 있다. 그렇게 주고받은 신뢰가 나를 때때로 벅차게 했고, 또 나를 성장시키기도 했다.

고양이로 변한 아빠 톰도 마찬가지다. 평소 입에 달고 살던 불평과 핑계 대신 야옹거린 덕분에, 그리고 평소에 미처 꺼내놓지 못한 마음을 표현할 수 있었던 덕분에 그는 가족에 대해 더 많이 알게 됐다. 그러고 나서야 그는 마침내 원래의 모습으로 돌아온다. 가족들 모두 기뻐하지만 고양이가 되어 종종거리던 그가 몸집 큰 아저씨로 돌아온 게 왠지 좀 아쉽기도 하다.

그에게 한번 물어보고 싶다. 고양이로 사는 것도, 꽤 괜찮지 않았어요? 그러면 아마 그는 대답하겠지. 말 같지도 않은 소리 말라고…….

'동물은 그저 동물일 뿐'이라는 말에 동의할 수 없다. 사람을 챙기는 게 우선이니 동물들이 알아서 살아가도록 내버려 두기에는, 길고양이에게 밥을 주지 않고 방치하기에는, 동물들의 생존에 대한 관심을 뒤로 미뤄두기에는 이미 우리가 동물들의 생태에 너무나 많은 영향을 미치고 있기 때문이다. 사람들의 편의를 위해 깔아놓은 노로에서 수많은 동물이 로드킬을 당하고, 관절에 좋다는 근거 없는 믿음으로 길에서 멀쩡히 살고 있는 길고양이를 대량으로 잡아먹기도 한다. 인간의 이기심에 피해 받는 동물들을 위해 누군가는 대신 목소리를 내주어야 하는 것이 아닐까.

글을 쓰고 싶다는 생각은 했어도, 내가 기자가 될 것이라는 생각을 해본 적은 없었다. 처음 만난 사람과 한 시간여 동안이나 이야기를 나누는 것은 아무리 반복해도 익숙해지지 않는 일이었다. 처음에는 인터뷰 약속을 잡고 만나기로 한 장소까지 가는 동안에 초조한 마음에 지하철을 갈아타거나 버스에서 내릴 때마다 보이는 편의점에 들러서 군것질거리를 샀다. 초콜릿이나 약과, 쿠키 같은 것을 약속장소에 도착할 때까지 먹었다. 먹는 동안에는 머릿속에 별생각이 없어졌지만 나중에는 배가 터질 것처럼 불렀다.

막상 만나면 몇 마디 하지 않았는데도 유려하게 이야기를 쏟아내는 사람도 있고, 모든 질문에 한 마디 이상으로 대답하지 않는 낯가리는 분들도 있었다. 나는 이런 상황이 몹시 능숙한 척하며 인터뷰를 이어갔다. 인터뷰가 끝나고 난 뒤에까지 배가 빵빵하게 불러 있는 채로.

그래서 영화 〈미노스〉의 낯가리는 기자 티베의 마음을 나는 백번 이해했다. 모르는 사람에게 말을 걸기 위해서는 용기가 필요하고, 그 용기는 한번 장착하면 그대로 쭉 사용할 수 있는 것이 아니라 매번 매순간에 언제나 새로 장착해야 한다. 기껏 끌어올린 용기가 타이밍이 맞지 않아 맥없이 꺾여버릴 때도 있고, 그 후로 공중 분해된 용기의 조각들이 이미 보이지 않을 만큼 흩어져버릴 때도 있다. 아무튼 그렇다고 의기소침해지면 당장 다음 기사를 쓸 수가 없다. 언제나 상대방이 나와의 대화를 원할 것이라는 긍정 마인드가 있지 않으면 또 낯선 이에게 말을 걸 수 없어 곤란한 직업인 셈이다.

나 역시 그렇게 스트레스를 받으면서 그래도 일을 계속할 수 있었던 건, 내가 일했던 반려동물 잡지사의 특성상 인터뷰하는 자리에 보통 개나 고양이가 있었기 때문이었다. 처음 얼굴을 맞댄 자리가 서먹한 것은 당연하지만, 반려동물이 대개 그 긴장감을 풀어주었다. 공원에서 반려동물을 데리고 산책하면 이성과 이야기를 나눌 가능성이 높아진다는 우스갯소리가 있는 것처럼, 반려동물을 사랑하는 사람들을 만나면 그 공통점 덕분에 그나마 조금 마음이 편해졌다.

〈미노스〉에서 낯가리는 성격 탓에 제대로 인터뷰도 따지 못하고, 기사거리를 찾기 어려운 티베는 어느 날 운명처럼 한 조력자를 만나게 된다. 그녀는 우연한 사고로 사람이 되어버린 고양이 '미노스'다. 겉모습은 사람이지만 내면은 고양이인 그녀는 이 상황이 어리둥절하기만 한데, 개에게 쫓겨 나무 위에 올라갔다가 티베를 만나 일을 도와주기로 약속하고 그의 집에서 머물게 된다. 미노스는 동네 고양이들과 이야기를 나눠 알게 된 새로운 소식을 티베에게 알려주고, 그 덕분에 티베는 매일 참신한 기사를 내놓을 수 있게 됐다. 상자에 웅크려 잠을 자고, 깜짝 놀라면 손톱을 세우고, 거리가 아니라 지붕으로 다니는 그녀의 습성은 좀 곤란하지만.

그러나 옆집 고양이가 임신을 했다거나, 한 회색 고양이가 자선사업가 엘레밋의 집 식탁에 올라갔다가 얻어맞았다는 사실은 기사가 될 수 없다고 티베는 설명한다. 비록 엘레밋이 사람들의 선망을 받고 있는 반려동물협회 회장이라 해도 말이다. 미노스는 더 이상 고양이 통신을 이용해 기사 거리를 가져다주지 않겠다며 화를 내지만 '고양이 말로는 그랬다더라' 하는 기사를 쓸 수는 없는 노릇이다.

그러나 급기야 엘레밋이 동물애호가인 척하며 실제로는 고양이를 발로 차고 새끼 고양이들을 쓰레기통에 버렸다는 사실을 미노스가 전해주자 망설이던 티베는 비로소 엘레밋의 실체를 밝히는 기사를 쓴다. 엄청난 특종인 셈이지만, 그 결과 티베는 결국 회사에서 잘리고 만다. 그러나 고양이들의 소식을 대변해준 티베는 결국 고양이들의 도움으로 오해를 벗고 엘레밋의 악행을 밝히는 데에 마침내 성공한다.

❧

나는 결국 끊임없이 인터뷰를 해야 하는 기자 일을 그만두었다. 여러 가지 이유가 있었지만, 아무튼 앞으로는 기자 일은 하게 되지 않을 것 같다고 막연하게 생각했다.

다시 언론사에 반려동물에 관련된 기사를 쓰게 된 건 학대받아 세상을 떠난 한 고양이 때문이었다. 처음에는 보호소에서 입양한 치즈색 고양이를 잃어버렸다는 이야기였다. 그런데 보호소 봉사자들이 다 달라붙어 수색을 하는 과정에서 이상한 점들이 발견됐다. 정작 입양자가 '머리가 아프다' 등의 핑계를 대며 수색에 소극적인 태도를 보이더니, 잃어버린 경위에 대한 설명을 자꾸만 번복한 것이다. 결국 진위를 확인하는 과정에서 입장이 불리해지자 그는 자신이 고양이를 죽였다고 자백했다.

'친구의 5살짜리 딸과 고양이가 놀던 중 고양이 다리가 부러져 병원에 데려가 치료했는데 그 과정에서 화가 났고, 고양이가 달려들기에

한 대 때렸는데 다음 날 보니 죽어 있었다'는 입장이었다. 유기동물 보호소에서 가족처럼 키우겠다고 입양한 고양이를 화가 났다는 이유로 머리를 때려 죽였다는 것이다. 이후 조사 과정에서 '무거운 장난감으로 머리를 서너 대 내리쳤다' 등 또 여러 차례 설명이 번복되었다.

결국 고양이를 죽이고 사체를 유기했다는 점을 인정하였으나, 고발 접수 후 검찰이 피의자에게 동물보호법위반혐의로 벌금 100만 원의 약식명령을 청구한 것으로 사건은 종결되었다.

고양이 한 마리가 맞아 죽은 사건은 사람 사회에서 일어나는 사건들로도 넘쳐나는 지면에서 별일 아닐 수도 있다. 하지만 고양이 커뮤니티 안에서만 이 일에 대해 분개하고 솜방망이 처벌에 대해 억울해할 것이 아니라, 한 사람이라도 더 이런 일이 있었다는 것을 알았으면 했다. 결국 이 사태에 대해 내가 할 수 있는 일은 기사로 사건을 알리는 것이었고, 그 후 지금까지 나는 언론사를 통해 프리랜서 기자 일을 계속하고 있다.

생각해보면 나도 관심 분야 이외의 영역에 대해서는 아무것도 모른다. 자동차는 내가 보기에 '하얀 차'나 '검은 차'일 뿐이고, 피규어가 왜 그렇게 비싼지도 모르겠고, 그 재미있다는 야구장에는 가본 적도 없다. 그러니 반려동물을 키우지 않는 주변 친구들도 마찬가지였을 것이다. 친구들에게 자연스럽게 내 고양이들과의 일상을 이야기하다 가 '고양이도 주인을 알아봐?' 같은 질문을 들었을 때 새삼스럽게 깨 달았다. 집 현관문을 열면 고양이가 벌써 마중 나와 있다고 말하면 친구들은 믿을 수 없다는 표정으로 놀란다.

🐾

요즘에는 반려동물을 키우는 사람들이 늘어나고, 예전보다 고양이에 대한 관심도 높아지고 있다. 물론 그들 모두에게 길고양이가 먹을 것 이 없어서 살기 위해 음식물 쓰레기를 뒤지며, 사료를 주는 것이 오 히려 민원을 줄이고 우리가 공생할 수 있는 길이라는 이야기까지 하 려는 것은 아니지만, 적어도 고양이에 대한 오해는 조금씩 줄어들었 으면 좋겠다.

티베는 고양이 소식통의 도움을 받으며 시작했지만 어느덧 아무도 믿어주지 않아도 진실을 밝히겠다는 굳건한 의지를 지키는 어엿한 기자가 되어 있다. 낯가리고 용기 없던 소심한 기자의 모습은 이제 찾아볼 수 없다. 변화는 고양이 미노스에게도 있다. 고양이 시절을 그리워했던 그녀는 이제 티베의 곁에서 고양이 뉴스를 전해주는 일이 꽤 즐겁다. 덕분에 두 종족의 콜라보레이션은 결과적으로 윈윈이었던 것 같다.

내게도 고양이 조력자가 있었다면 아주 큰 도움이 되었을 텐데, 우리집 고양이들은 하늘을 향해 네 발을 뻗고 잠드는 것 외에는 다른 일을 해볼 생각이 조금도 없으니 유감이다. 그래도 나는 아주 나지막한 목소리로나마 계속해서 고양이들의 이야기를 전하고 싶다. 우리 집 고양이들이 언제까지고 아무 생각 없이 바닥에서나 굴러다니며 낮잠 자는 삶을 누리기를 바라기 때문이다.

모두 고양이가
되고 싶어하지

디즈니 애니메이션 〈아리스토 캣〉에는 두 종류의 사람이 나온다. 자신이 죽은 뒤에 반려동물이 혼자 남을 것을 걱정하는 유형의 사람과, 돈이나 이익을 이유로 반려동물을 길바닥에 내던져 버리는 사람. 현재 반려동물을 키우는 사람들은 늘어나고 있는데 그와 비례해서 유기동물 보호소에는 더 많은 동물들을 수용할 만한 자리가 없을 정도라고 한다. 동물의 삶에 개입했다면 책임까지 져야 한다. 책임지기 어려울 것 같다면 애초에 키우지 않으면 된다.

김영하 작가의 단편집 『오직 두 사람』에 이런 내용의 소설이 실려 있다. 어느 회사로 면접을 보러 간 네 명의 지원자들이 마치 '방 탈출 게임'을 연상시키는 의문의 방에 갇힌다. 그런데 어떻게 된 일인지 무슨 수를 써도 방에서 나갈 수가 없다. 시간이 며칠이 지났는지도 감이 오지 않고 시간만 흐른다. 그중 한 명은 집에 남아 있는 반려묘를 떠올린다. 그가 돌아가지 않으면 반려묘들은 마냥 굶게 될 텐데……. 그 다음 내용은 책을 읽어보시기를 권한다.

독자에게 이런 부작용이 생길 것까지 김영하 작가가 예상하지는 못했겠지만, 그 소설을 인상 깊게 읽은 이후 나는 약간의 피해를 보고 있다. 집에서 외출할 때마다 약간 많다 싶을 만큼 넉넉하게 사료를 부어주고, 내가 이대로 돌아오지 못하는 상황을 상상하며 대비하게 된 것이다. 집에서 10분 거리의 카페를 갈 때도 혹시 납치나(대낮에 사거리에서 그럴 일은 별로 없겠지만) 교통사고 같은 거라도 나면, 그냥 사고만 나면 다행인데 내가 이틀 정도 혼수상태에 빠져 아무에게도 연락을 못 하게 되면…… 그럼 아무것도 모르고 집에서 기다리고 있을 우리 고양이들 밥은 누가 주고, 화장실은 누가 치워준단 말인가?

그래서 남동생과 친구에게 내가 만약 이틀 이상 연락이 안 닿고 행방불명되면 일단 내 고양이들 좀 챙겨달라고 당부해두었다. 그중 친구는 '고양이들도 챙기고, 너도 찾으러 갈게'라는 대답을 해서 나를 감동시켰다. 남동생은 이런 부탁을 들어주기에는 평소에도 너무 연락을 안 해서 별로 의미가 있을지 모르겠다.

내 반려동물에게 내가 없어지면 어쩌지, 하는 걱정을 사서 하는 사람은 나뿐만이 아니다. 실제로 외국에서는 반려동물에게 재산을 상속했다는 사람도 있고, 우리나라에서도 최근 펫 신탁 상품이 등장하고 있다. 내가 죽거나 병에 걸려 반려동물을 더 이상 돌보지 못하게 되었을 때 다른 사람에게 반려동물을 맡기며 필요한 재산이나 자금을 상속할 수 있는 상품이다.

〈아리스토 캣〉의 아들레이드 부인에게 필요했던 게 바로 그거다. 그녀는 가족도, 자식도 없이 고양이를 애지중지 사랑하며 키우고 있는데, 나이가 많으니 자신이 죽으면 고양이들을 누가 돌봐줄지 걱정하고 있다. 그래서 변호사 조지를 초대해 네 마리 고양이들에게 재산을 상속하고 싶다고 유언장을 작성한다. 그동안 집사 에드가가 고양이들을 돌봐주다가, 고양이들이 다 죽으면 그때는 에드가에게 재산이 돌아가게 된다는 내용의 유언장이다. 이 영화가 만들어진 배경이 무려 1970년, 내가 태어나기도 전인데 그때 벌써 펫 신탁의 초기 모델

이 존재했던 것이다.

이 이야기를 엿들은 에드가는 고양이의 수명을 '한 마리에 12년, 그리고 고양이 목숨은 아홉 개'로 계산해보더니 그때까지 기다릴 수 없겠다며 고양이들을 보쌈해 먼 곳에 버리고 오기에 이른다. 노부인이 애지중지하는 걸 뻔히 알면서 말이다. 어차피 고양이가 그 돈으로 쇼핑을 할 것도 아니고 고양이끼리 별장에 살 것도 아닌데…… 정말 바보 같은 행동이 아닐 수 없다.

🐾

이 영화에 등장하는 인물들은 반려동물에 대해 극과 극의 태도를 보인다. 아들레이드 노부인은 고양이에게 재산을 싱속하겠다고 할 정도로 고양이들을 사랑하지만, 에드가는 아무런 죄책감 없이 오로지 재산을 가로챌 생각만 하며 고양이 네 마리를 유기한다. 심지어 그중 세 마리는 태어난 지도 얼마 되지 않은 아기고양이다.

부인에게는 고양이들이 필요하고, 고양이들에게는 부인이 필요하다. 고양이들은 부인이 걱정할 텐데, 하고 마음이 초조해지고 고양이들

이 없어질 걸 알아챈 부인은 한밤중에 안절부절못하며 집 안을 뛰어다닌다.

멍청한 악당 에드가가 저지른 고양이 유기는 1970년대에는 어땠는지 모르겠지만 현재 우리나라에서는 불법이다. 그러나 많은 고양이들이 여전히 길 위에 버려진다. 많은 사람들이 고양이는 어차피 길에서도 잘 살아가지 않느냐고 태평하게 생각한다. 전혀 그렇지 않다. 집에서 살던 고양이들은 제대로 먹이를 구할 줄도 모르고, 길고양이들의 영역 다툼에 공격당하기도 쉽다. 길고양이의 삶 자체가 수명을 다 누리지 못하고 죽는 경우가 태반일 정도이니, 길에 버리는 건 결국 내 눈 앞에서 죽지만 않으면 된다는 죄책감의 회피에 불과하다. 내 눈 앞에서 일어나는 일이 아니라고 해서 그 책임에서 눈을 돌릴 수는 없다. '알아서 잘 살겠지, 집 안에서 사는 것보다 자유롭고 좋지 뭘' 하는 자기 위안은 냉정한 현실과는 너무 먼 얘기다.

계속해서 늘어나는 유기동물 중에는 터키시 앙고라 종의 더치스 같은 일명 '품종묘'도 많아졌다. 예전에는 나름대로 비싼 고양이로 여겨지고 집에서 사랑받았을 아이들인데, 가구를 긁거나 털이 많이 빠지거나 어디가 아프거나, 아무튼 여러 가지 이유로 품종묘도 예외 없이 버려지는 것이다. 우리나라에서 쉽게 볼 수 있는 길고양이들은 '코숏'이라고 부르는데, 그 외의 품종묘가 길에서 헤매고 있으면 싫어도 단번에 알아볼 수밖에 없다. 저 고양이는 집에서 살던 고양이구나, 라고.

누군가가 버린 고양이는 결국 누군가의 도움이 있어야만 살 수 있다. 지금도, 아직 아무에게도 발견되지 않은 버려진 고양이들은 도움의 손길 없이 길에서 어찌할 바 모르고 생기를 잃어가고 있을 것이다. 태어날 때부터 주어졌던 밥과 잠자리가 왜 갑자기 사라졌는지 이해하지 못한 채.

누군가는 죄책감 없이 동물을 길에 버리는데, 그렇게 길 위에서 죽어가는 동물들에게 관심 갖는 사람들은 한정되어 있다. 손을 내밀지 않으면 길 위의 동물들이 어떻게 되는지 너무나 잘 알기에, 누군가는 꾸역꾸역 고양이를 구조하고 치료를 받게 하고 입양을 보내는 일을 멈출 수 없다. 마치 밑 빠진 독에 물을 붓는 것처럼, 도움이 필요한 유기묘들은 끝없이 나타나고 입양자는 부족하다. 고양이를 샀든, 주웠든, 받았든, 고양이의 삶에 끼어 든 사람들이 모두 끝까지 책임을 져야만 이러한 악순환은 비로소 끝날 것이다.

영화가 만들어진 지 몇십 년이 지난 지금 봐도 유쾌한 영상과 음악이 전혀 어색하지 않은 흥겨운 영화였지만, 갑자기 길바닥에 던져져서 '엄마, 내가 자다가 침대에서 굴러떨어졌나 봐요' 하고 잠이 덜 깬 채 일어나는 아기 고양이를 보니 영화에서나마 에드가가 단단히 대가를 치르길 바라지 않을 수 없다.

❧

하지만 운 좋게도 길바닥으로 내던져진 더치스와 새끼 고양이들에게는 자유롭게 살아가는 방랑자 길고양이 오말리가 구원의 손길을 뻗어준다. 영화 속에서 고양이, 생쥐, 거위 등 동물들끼리는 모두 친절하고 협조적이지만 오말리는 인간에 대한 불신을 가지고 있다. 부인에게 돌아가 봐야 한다는 더치스에게 '인간이 동물을 걱정하면 얼마나 걱정하겠느냐'고 말하고, 트럭에 올라탄 고양이들을 쫓아내는 운전사를 보고 '세상엔 저런 인간들이 많다'고 알려주기도 한다.

하지만 결국에는 오말리도 더치스가 속해 있던 세계를 알게 되고, 인간과 동물의 행복한 공존을 향하며 영화는 마무리된다. 물론 에드가의 악행은 그가 가장 괴로워할 만한 결과로 돌아온다. 고양이만 잘 돌봐줬어도 평생 먹고 살 걱정은 안 해도 됐을 텐데, 이제 상속은 영영 일어나지 않는 일이 됐다, 쌤통이다.

더치스의 귀족 같은 삶과 오말리의 독립적인 삶은 무척 다른 모습을 하고 있었고, 그들이 만나는 인간의 유형도 그렇게나 달랐다. 더치스는 노부인의 보호 아래 우아하게 애정을 주고받고 있고, 오말리를 비롯한 길고양이 악단은 '진짜 음악은 고양이만 안다'며 독립적으로 유쾌하게 살아가고 있다. 〈모두 고양이가 되고 싶어하지〉라는 주제곡처럼, 사람들의 방해와 괴롭힘만 없다면 고양이들은 모두 나름대로 행복하게 살아가는 것인지도 모르겠다.